青少年精品故事丛书

快乐心灵的友情故事

重新寻回难得的感动，重新唤起对真善美的追求！

畅销版
课外阅读系列

本书从浩如烟海的故事中，精选了适合青少年阅读的，短小精悍、鲜为人知的名人小故事。涵盖为人处世的方方面面，做人道理，对培养青少年人格的塑造有着深远的影响。

本书编写组◎编

中国出版集团
世界图书出版公司

图书在版编目（CIP）数据

快乐心灵的友情故事 /《快乐心灵的友情故事》编写组编．—广州：广东世界图书出版公司，2010. 7（2021.5 重印）

ISBN 978－7－5100－2534－1

Ⅰ. ①快… Ⅱ. ①快… Ⅲ. ①故事－作品集－世界 Ⅳ. ①I14

中国版本图书馆 CIP 数据核字（2010）第 147782 号

书　　名	快乐心灵的友情故事 KUAILE XINLING DE YOUQING GUSHI
编　　者	《快乐心灵的友情故事》编写组
责任编辑	张梦婕
装帧设计	李　超
责任技编	刘上锦　余坤泽
出版发行	世界图书出版有限公司　世界图书出版广东有限公司
地　　址	广州市海珠区新港西路大江冲 25 号
邮　　编	510300
电　　话	020-84451969　84453623
网　　址	http://www.gdst.com.cn
邮　　箱	wpc_gdst@163.com
经　　销	新华书店
印　　刷	三河市人民印务有限公司
开　　本	787mm × 1092mm　1/16
印　　张	10
字　　数	120 千字
版　　次	2010 年 7 月第 1 版　2021 年 5 月第 11 次印刷
国际书号	ISBN　978-7-5100-2534-1
定　　价	38.00 元

前　言

友情就是朋友之间的感情。友情是指人与人在长期交往中建立起来的一种特殊的情谊，互相拥有友情的人叫做“朋友”。友情是一种最纯洁、最高尚、最朴素、最平凡的感情，也是最浪漫、最动人、最坚实、最永恒的情感。你可以广结朋友，对朋友用心善待，但绝不能苛求朋友给你同样的回报。善待朋友是一件快乐的事，如果苛求回报，快乐就会大打折扣。

阿拉伯传说中有这样一个小故事：两个朋友去沙漠旅行，在旅途中的某个地方，他们吵架了，一个人还给了另外一个人一记耳光。被打的人觉得受辱，一言不发，在沙子上写下：“今天我的好朋友打了我一巴掌。”他们继续往前走，直到走出了沙漠。他们在一条大河边洗澡时，被打巴掌的那位差点淹死，幸好被朋友救起来了。被救起后，他拿了一把小剑在石头上刻了：“今天我的好朋友救了我一命。”朋友问道：“为什么我打了你，你写在沙子上，而救了你，你要刻在石头上呢？”他笑笑回答说：“当我们被一个朋友伤害时，要写在易忘的地方，风会负责抹去它；相反，如果被帮助，我们要把它刻在心里的深处，那里任何风都不能抹灭它。”这个小故事告诉我们：在日常生活中，就算再要好的朋友也会有摩擦，朋友之间的伤害往往是无心的，帮助却是真心的。忘记那些无心的伤害，铭记那些真心的帮助，你会发现这世界上你有很多真心的朋友。

《温暖心灵的友情故事》收集了70个友情小故事，故事中的主人翁在交友、为人、处事中的种种表现，会给我们启示、让我们深思，让我们懂得去好好珍惜身边的每一份友情。友情就像是一粒种子，珍惜了，就会在你的心里萌芽、抽叶、开花，直至结果，而那绽放时的清香也将伴你一生一世。

编者

目　录

左伯桃与角哀

春秋时，楚元王招纳贤士。西羌积石山有一读书人，叫左伯桃，自幼父母双亡，独自谋生。闲暇时，手不释卷，读书不止。听说楚元王招纳贤士，于是，带了一囊书，辞别了乡邻亲友，径奔楚国而来。

走到雍州时，天已隆冬，雨雪交加而来。左伯桃冒着雨雪，迎风走了一天，衣服都湿透了，看看天色已晚，想找一个住处。就见远处竹林中隐隐约约透出灯光，于是径直走去。到了跟前，只见矮矮的篱笆围着一间草屋。于是推开篱笆门，轻轻地敲动屋门，里面的人应声而出。左伯桃急忙上前施礼道："我本是西羌人，姓左，名伯桃。想去楚国，不料中途遇上雨雪，找不到住宿的地方。想向您求宿一夜，明早就走，不知您能否行个方便？"那人听了，急忙还礼，请伯桃进到屋内。伯桃入内一看，屋里只有一张床。床上堆积一些书本，除此之外冉无他物。伯桃明白这也是一个读书人，就想行大礼，那人说："现在可不是讲礼节的时候，先弄火烘干了衣服再唠。"于是生起竹火堆，让伯桃烘衣。那人准备酒饭，款待伯桃，十分殷勤。伯桃请问其姓名，那人道："我姓羊，双名角哀，自幼父母双亡，独自在此居住。平时酷爱读书，以致田地荒废。今天有幸遇到有学问的人来，只恨家贫没有什么好东西招待，还请多多包涵。"伯桃说："阴雨之中，得蒙收留，还有酒食相待，感激之情如何能忘。"当夜两人抵足而眠，共同探讨学问直达天明，但外面还是大雨不止，角哀于是留伯桃住在家里，尽其所有招待，两人结为异姓兄弟。伯桃比角哀大 5 岁，因此角哀称伯桃为兄长。

一住 3 天，雨停道干。伯桃说："贤弟满腹经纶，有王佐之才，却甘隐山林清泉之间，真是太可惜了。"角哀说："倒也不是甘守田园，只不过是没什么机会而已。"伯桃说："现在楚王虚心求贤，贤弟何不同行？"角哀说："愿遵兄长之命。"遂准备了些路费粮米，抛弃了茅屋，二人一同向南方走去。

走了不到两天，又遇上连绵阴雨，阻在旅店中，盘缠用尽，只剩下一包干粮，二人轮换背着，冒雨前行。雨尚未停，又刮起大风，后变成漫天大雪，遮天盖地，令人难分南北西东。二人走过岐阳，途经梁山路，向樵夫们问路，他们都说："前面百里无人烟，都是深山旷野，虎狼成群，不能再走了。"伯桃对角哀说："贤弟意下如何？"角哀说："古人云，生死由命。既然到了这儿，只能前行，绝不后悔。"

又走了一天，他俩夜晚住在古墓中，衣服单薄，寒风刺骨。第二天，雪更大了，山路积雪一尺多厚。伯桃冻得受不了，说："我想此去100多里，荒无人烟，粮食接济不上，缺衣少食。若一人独去，可以到达楚国；二人都去，就是不被冻死，也必定饿死在中途，和草木一起腐朽，有什么好处？我把身上衣服脱给贤弟穿了，贤弟带着干粮，挣扎着快走，我确实走不动了，宁愿死在这里。等贤弟见了楚王，必将受到重用，那时再来埋葬我也不晚。"角哀说："哪有这种道理？我二人虽然不是亲兄弟，但义气不亚于亲骨肉。我怎么可以独自去求取功名呢？"角哀说什么也不答应，于是扶着伯桃前行。

走了不到10里，伯桃说："风雪越来越大，怎么走啊？在道边找个地方歇歇吧。"正好路边有一棵枯桑，还可遮挡风雪。那棵桑下只容得了一人，角哀于是扶伯桃进去坐下。伯桃让角哀敲石取火，烧些枯枝抵御寒气。等角哀找回柴火，只见伯桃脱了所有的外衣放在一边。角哀大吃一惊："兄长你干什么？"伯桃说："我想不出什么办法，贤弟别耽误了，赶紧穿上这衣服，背上干粮快走，我甘愿死在这里。"角哀上前抱住伯桃放声大哭，说："我二人同生共死，怎么能分离呢？"伯桃说："如果都饿死了，谁来埋葬呢？"角哀说："既然这样，我情愿解下衣服给兄长穿上，兄长可带上干粮走，我宁可死在这里。"伯桃说："我平生多病，贤弟年轻体壮，比我强得多，加上胸中学问，我更赶不上。如见到楚王，必然受到重用。我死何足道哉？贤弟不要耽误了，快走。"角哀说："兄长饿死在这儿，我独自去取功名，这种不义之人，我不会做的。"伯桃说："我从积石山来到贤弟家中，一见如故。知道贤弟胸怀大志，所以劝你求取上进。不幸被风雪所阻，这是我命该如此，如果让贤弟死在这里，那就是我的罪过了。"说完，就想跳入前面的山溪寻死。角哀一把抱住他放声痛哭，用衣服拥住伯桃，再扶到桑树下。伯桃把衣服推开。角哀想再上前劝解时，只见伯桃神色已变，四肢僵硬，口不能言，勉强摆手示意角哀快走。角哀再次用衣服拥护，而伯桃已经奄奄一息，眼看不行了。

角哀心想："再过一会，我也冻死了，死了谁来埋葬兄长？"于是在雪中哭拜道："不肖弟此去，还望兄冥中相助，稍得微名，必来厚葬。"伯桃微微点头，转瞬气绝。角哀只得取了衣服干粮，一步一回头，边哭边走。

角哀忍着寒冷，半饥半饱，来到楚国。在城外休息了一天，第二天进城，向一人问："楚君在哪儿招贤？"那人说："宫门外有一宾馆，上大夫裴仲专门在那儿接待天下有识之士。"角哀直奔宾馆而来，正遇上上大夫裴仲刚要下车。角哀上前施礼，裴仲见角哀虽然衣衫褴褛，却气宇不凡，急忙答礼，问道："贤士从哪儿来呀？"角哀道："小生姓羊，名角哀，雍州人。听说上国招贤，特来应招。"裴仲邀请角哀住进宾馆，并安排酒饭招待。

第二天，裴仲到宾馆探望，并用心中的疑难问题盘问角哀，试他的学问。角哀有问必答，应付自如。裴仲大喜过望，立即入朝禀报楚元王。楚元王立即召见，问角哀富国强兵的办法。角哀献了10条计策，都可用来解决当务之急。楚元王十分高兴，设宴款待，并封角哀为中大夫之职，赏黄金百两，彩缎百匹。角哀拜谢，痛哭流涕。元王大吃一惊："你为什么哭呀？"角哀把伯桃脱衣让粮之事，一一说明。元王和众大臣听了深受感动。元王问："你打算怎么办？"角哀道："臣请大王准假，到那里安葬完伯桃，再来听命于大王。"元王于是追封已死的伯桃中大夫之职，并厚赠丧葬费，派人跟随角哀车马同去。

角哀告别了元王，直奔梁山地界。依旧找到那棵枯桑，只见伯桃尸身尚在，面貌还和生前一样。角哀跪倒在地，痛哭不止，叫随从召集附近乡间父老，选了一个诸峰环抱，风水甚好的地方，将伯桃穿戴上中大夫的衣冠，赶制了内外棺，建起了高大的坟墓。四面建起围墙，栽上松树，离坟数10米处建了祠堂，塑起伯桃塑像，立起华表柱，上挂牌匾。墙侧盖了瓦房，雇人看守。造完后，就在祠堂祭奠伯桃，角哀哭得十分悲切，引得乡人和随从也悲伤不已。

这天夜里，角哀面对烛火独坐，回首往事，心中感伤不已。忽然一阵阴风飒飒，烛火灭而复明。角哀一看，灯影处有一个人，踌躇不前，隐隐约约有悲泣之声。角哀喝道："什么人？竟敢深夜闯入！"那人没吱声。角哀起来一看，原来是伯桃。角哀大吃一惊，问道："兄长灵位不远，来见为弟，必有要事。"伯桃说："感蒙贤弟记忆，刚被重用，就请求葬我，还追封爵位，并置办了锦衣豪棺，凡事办得十全十美；只是坟地离荆轲墓不远。这人活着时，因刺秦王失手被杀，高渐离把他的尸体埋在这里。他的神灵极其威猛，每夜都持剑来骂我说，‘你是冻饿而死的人，怎么敢把坟建在我的上风，夺我的风水？要不迁移到别处，我就掘墓取尸，把你扔到野外’！有了这种危难，特来告诉贤弟。望把我改葬他处，以免惹祸。”角哀还想再问，一阵风起，忽然不见了伯桃。

角哀在堂中一梦惊醒，所有的事记得明明白白。天一亮，又召集乡间父老，问这附近是否还有坟。老乡们说：“松树林中有荆轲墓，墓前有庙。”角哀说：“以前他刺秦王失手被杀，怎么坟地会在这里？”老乡们说：“高渐离是这里人，得知荆轲被害并抛尸荒野，于是偷了他的尸体，埋在这里。因为经常显灵，乡亲们就在这里建庙，按时祭奠，以求保佑。”角哀听了，就相信了梦中的事，领着随从直奔荆轲庙，进门之后，指着荆轲神像骂道：“你只是燕国的一介匹夫，受燕太子奉养，名姬珍宝，随你享用，不想以万全之策以应重托，去秦行事，自己死了不算，还耽误了国家大事，却来这里惊扰和迷惑乡民以求得祭祀。我兄长左伯桃是当代名儒，仁义廉洁，你竟敢逼他？再这样，我就毁了你的庙，掘了你的坟，永远断绝你的根！”骂完，又来到伯桃墓前祷告说“如果荆轲今晚还来，请兄长告诉我。”回到祠堂，当晚守着烛火等候，果然看见伯桃哽咽而来，说：“感谢贤弟费心，怎奈荆轲随从极多，都是乡人所献。贤弟可多扎草人，绘上彩色，手持兵器，在墓前烧化。我得到它们帮助，荆轲便不能侵害。”说完就不见了。

角哀连夜让人按伯桃所言扎了几十个草人，在墓前烧化，并祷告说：“如果平安，请告诉我。”回到祠堂，当夜只听风雨之声大作，就像两军交战一般。角哀出外一看，只见伯桃奔跑而来，说：“贤弟所焚之人，没有大用，荆轲又有高渐离相帮。不久，我的尸身必然出墓。望贤弟尽快把我移到别处安葬，免招祸患。”角哀说：“这人竟敢如此欺凌兄长，小弟将尽全力与他对战！”伯桃说：“贤弟是人，我们都是鬼；阳人虽然勇猛，但人鬼殊途，尘世相隔，怎么对战？虽然有草人，但也只能摇旗呐喊，不能击退这样的强魂。”角哀说：“兄长先回去，明天小弟自有办法。”

第二天，角哀再到荆轲庙中大骂，打碎了神像，并取来火种，想要烧庙。只见乡间几个老人再三哀求说：“这是全村的神庙，要是触犯了，恐怕要给百姓带来灾祸。”不一会儿，村民们聚集起来，都来哀求。角哀拗不过他们，只好算了。回到祠堂，立即写了一封书信，上奏楚王说："以前伯桃把粮食让给臣，所以我才活了下来，并遇到了圣明的君主。蒙您加官晋爵，使我此生无憾，请容我来世再来报答。"信中言语十分恳切。他把信交给随从后，又来到伯桃墓前大哭一场，对随从说："我兄长被荆轲强魂所逼，无处安身，我忍不下去。想要烧庙掘坟，又怕违背了村民的意愿。我宁可死在九泉下做鬼，也要帮助兄长战胜这个强魂。你们把我的尸体葬在这座坟的右侧，让我与他生死与共，以报答兄长让粮的意气。你们回去奏明楚王，望听纳我的忠言，永保江山社稷。"说完，拔出佩剑，自刎而死。随从急忙抢救，已经来不及了，只好尽快准备了衣物棺木收殓，将他埋在伯桃墓旁。

这天深夜，风雨大作，雷电交加，喊杀声传出几十里。天亮一看，荆轲墓上震裂得像大火烧过一样，白骨散了一地，墓边松柏连根拔起。荆轲庙突然起火，烧得片瓦无存。村民们大吃一惊，都去羊、左二墓旁焚香拜祭。

随从回到楚国上奏元王，元王被二人的意气所感动，派人在墓前建庙，赐庙名"忠义之祠"，并立碑记载这件事。

廉颇和蔺相如

秦昭襄王一心要使赵国屈服，接连侵入赵国边境，占了一些地方。公元前 279 年，他又耍了个花招，请赵惠文王到秦地渑池（今河南渑池县西）去会见。赵惠文王开始怕被秦国扣留，不敢去。大将廉颇和蔺相如都认为如果不去，反倒意味着向秦国示弱。

赵惠文王决定硬着头皮去冒一趟险。他叫蔺相如随他一块儿去，让廉颇留在本国辅助太子留守。

为了防备意外，赵惠文王又派大将李牧带兵 5000 人护送，相国平原君带兵几万人，在边境接应。

到了预定会见的日期，秦王和赵王在渑池相会，并且举行了宴会，高兴地喝酒谈天。

秦昭襄王喝了几盅酒，带着醉意对赵惠文王说："听说赵王弹得一手好瑟。请赵王弹个曲儿，给大伙儿凑个热闹。"说完，真的吩咐左右把瑟拿上来。

赵惠文王不好推辞，只好勉强弹了一个曲儿。

秦国的史官当场就把这事记了下来，并且念着说："某年某月某日，秦王和赵王在渑池相会，秦王令赵王弹瑟。"

赵惠文王气得脸都发紫了。正在这时候，蔺相如拿了一个缶（音 fǒu，一种瓦器，可以打击配乐），突然跪到秦昭襄王跟前，说："赵王听说秦王会弹奏秦国的乐器，我这里有个瓦盆，也请大王赏脸敲几下助兴吧。"

秦昭襄王勃然变色，不去理他。

蔺相如的眼睛射出愤怒的光，说："大王未免太欺负人了。秦国的兵力虽然强大，可是在这五步之内，我可以把我的血溅到大王身上去！"

秦昭襄王见蔺相如这股势头，十分吃惊，只好拿起击棒在缶上胡乱敲了几下。

蔺相如回过头来叫赵国的史官也把这件事记下来，说："某年某月某日，赵王和秦王在渑池相会。秦王给赵王击缶。"

秦国的大臣见蔺相如竟敢这样伤秦王的体面，很不服气。

有人站起来说："请赵王割让 15 座城给秦王上寿。"

蔺相如也站起来说："请秦王把咸阳城割让给赵国，为赵王上寿。"

秦昭襄王眼看这个局面十分紧张。他事先已探知赵国派大军驻扎在临近地方，真的动起武来，恐怕也得不到便宜，就喝住秦国大臣，说："今天是两国君王欢会的日子，诸位不必多说。"

这样，两国渑池之会总算圆满而散。

蔺相如两次出使，保全赵国不受屈辱，立了大功。赵惠文王十分信任蔺相如，拜他为上卿，地位在大将廉颇之上。

廉颇很不服气，私下对自己的门客说："我是赵国大将，立了多少汗马功劳。蔺相如有什么了不起？倒爬到我头上来了。哼！我见到蔺相如，总要给他点颜色看看。"

这句话传到蔺相如耳朵里，蔺相如就装病不去上朝。

有一天，蔺相如带着门客坐车出门，真是冤家路窄，老远就瞧见廉颇的车马迎面而来。他叫赶车的退到小巷里去躲一躲，让廉颇的车马先过去。

这件事可把蔺相如手下的门客气坏了，他们责怪蔺相如不该这样胆小怕事。

蔺相如对他们说："你们看廉将军跟秦王比，哪一个势力大？"

他们说："当然是秦王势力大。"

蔺相如说："对呀！天下的诸侯都怕秦王，为了保卫赵国，我敢当面责备他，怎么我见了廉将军反倒怕了呢？因为我想过，强大的秦国不敢来侵犯赵国，就因为有我和廉将军两人在。要是我们两人不和，秦国知道了，就会趁机来侵犯赵国。就为了这个，我宁愿容让点儿。"

有人把这件事传给廉颇听，廉颇感到十分惭愧。他就裸着上身，背着荆条，跑到蔺相如的家里去请罪。他见了蔺相如说："我是个粗鲁人，见识少，气量窄。哪儿知道您竟这么容让我，我实在没脸来见您。请您责打我吧。"

蔺相如连忙扶起廉颇，说："咱们两个人都是赵国的大臣。将军能体谅我，我已经万分感激了，怎么还来给我赔礼呢。"

两个人都激动得流了眼泪。打这以后，两人就做了知心朋友。

管鲍之交

从前，齐国有一对好朋友，一个叫管仲，另外一个叫鲍叔牙。年轻的时候，管仲家里很穷，又要奉养母亲。鲍叔牙知道了，就找管仲一起投资做生意。做生意的时候，因为管仲没有钱，所以本钱几乎都是鲍叔牙出的。可是，当赚了钱以后，管仲却拿得比鲍叔牙还多，鲍叔牙的仆人看了就说："这个管仲真奇怪，本钱拿得比我们主人少，分钱的时候却拿得比我们主人还多！"鲍叔牙却对仆人说："不可以这么说！管仲家里穷又要奉养母亲，多拿一点没有关系的。"有一次，管仲和鲍叔牙一起去打仗，每次进攻的时候，管仲都躲在最后面，大家就骂管仲说："管仲是一个贪生怕死的人！"鲍叔牙马上替管仲说话："你们误会管仲了，他不是怕死，他得留着他的命去照顾老母亲呀！"管仲听到之后说："生我的是父母，了解我的人可是鲍叔牙呀！"后来，齐国的国王死掉了，公子诸当上了国王，诸每天吃喝玩乐不做事，鲍叔牙预感齐国一定会发生内乱，就带着公子小白逃到莒国，管仲则带着公子纠逃到鲁国。

不久之后，齐王诸被人杀死，齐国真的发生了内乱。管仲想杀掉小白，让纠能顺利当上国王，可惜管仲在暗算小白的时候，把箭射偏了，小白没死。后来，鲍叔牙和小白比管仲和纠早回到齐国，小白就当上了齐国的国王。小白当上国王以后，决定封鲍叔牙为宰相，鲍叔牙却对小白说："管仲各方面都比我强，应该请他来当宰相才对呀！"小白一听，说道："管仲要杀我，他是我的仇人，你居然叫我请他来当宰相！"鲍叔牙却说："这不能怪他，他是为了帮他的主人纠才这么做的呀！"小白听了鲍叔牙的话，请管仲回来当宰相，而管仲也真的帮小白把齐国治理得非常好！

管仲说："我当初贫穷时，曾和鲍叔牙一起做生意，分钱财，自己多拿，鲍叔牙不认为我贪财，他知道我贫穷啊！我曾经替鲍叔牙办事，结果使他处境更难了，鲍叔牙不认为我愚蠢，他知道时运有利有不利。我曾经三次做官，三次都被国君辞退，鲍叔牙不认为我没有才能，他知道我没有遇到时机。我曾经三次作战三次逃跑，鲍叔牙不认为我胆怯，他知道我家里有老母亲。公子纠失败了，召忽为之而死，我却被囚受辱，鲍叔牙不认为我不懂得羞耻，他知道我不以小节为羞，而是以功名没有显露于天下为耻。生我的是父母，了解我的是鲍叔牙啊！"

鲍叔牙推荐管仲以后，自己甘愿做他的下属。鲍叔牙的子孙世世代代在齐国吃俸禄，得到了封地的有十多代，许多成为有名的大夫。天下的人不赞美管仲的才干，而赞美鲍叔牙能了解人。

后来，大家在称赞朋友之间有很好的友谊时，就会说他们是"管鲍之交"。

黄仲则与洪亮吉的友谊

黄仲则和洪亮吉都是清朝诗人，他们都出生在江苏常州，两人年少时曾在一起读书、游学，相互赏识，情谊深厚。长大成人后，为了养家和理想，两人都去了京都，但混得都不太好。洪亮吉后来好歹还弄到了一张进士的文凭，黄仲则却什么也没有。幸运的是，他们的才华，都得到一个江苏同乡、时任陕西巡抚毕秋帆的赏识和资助。

而后，洪亮吉便去了西安，做起了毕秋帆的幕僚。黄仲则继续在京都奋斗着，直到再也支撑不下去了，便决定也去西安投靠毕秋帆。当黄仲则走到山西运城时，突然肺病复发，无钱医治，自感生命行将结束，便写信给洪亮吉，希望他能来山西，有后事嘱托。

洪亮吉收到来信后，借了一匹马，连夜从西安直奔运城。4 天后，当他赶到黄仲则所在的一间破庙时，黄仲则已经去世。只见一只 7 尺棺材，除几张诗稿以及黄仲则写给家人的遗书外，再也没有什么其他像样的东西了。黄仲则从故乡带来的一个书童，此时也早已不见了身影。

扶着棺材，念及两人的友谊，洪亮吉潸然泪下。他不顾从山西运城到江苏常州的路途之远，决定亲自送黄仲则回老家。

洪亮吉帮助黄家人处理完丧事，还与毕秋帆继续资助黄家后人的生活，为了缅怀昔日的挚友，他还把黄仲则的诗文编撰刊印。这种友谊是多么难能可贵啊！

张仪和苏秦

张仪是战国时魏国贵族的后代。秦惠文君时任秦相，被封武信君。他执政时迫使魏国献上郡，帮助秦惠文君称王，游说各国服从秦国，瓦解齐、楚联盟，夺取楚汉中之地。苏秦是战国东都洛阳（今河南洛阳）人，奉燕昭王之命入齐，从事反间活动，使齐疲于对外战争，以便攻齐复仇。齐湣王末年被任为齐相。秦昭王约齐湣王并称东西帝，他劝说齐王取消帝号，和赵国李兑一起约五国攻秦，赵封他为武安君。

张仪和苏秦两人曾在鬼谷子门下共同钻研过游说之术。从那时起苏秦就认为张仪本领比自己大，始终保持着一种虔诚的敬意。学成以后，两人各自寻找展现才华的机会。张仪首先到楚国游说，在与楚王共饮交谈的时候，因楚王丢失了一块玉璧，楚王手下人怀疑是他偷了，并对他进行拷打。张仪受到羞辱，愤然离开了楚国。当落魄的张仪徘徊于十字街头之时，身挂六国相印的苏秦却已是春风得意了。他游说赵国与各国缔结合纵之策，共同抗秦，已经成功。但要巩固这一成果，并不是一件容易的事。他想张仪如果能在秦国掌握权力，事情就好办得多。怎样能促使张仪进入秦国的政治集团呢？这得靠自己运筹帷幄了。

苏秦懂得一个深奥的道理，人与人之间如果没有对抗和竞争，就不能激发富有创造性的潜力和才华。人的思想只能在斗争中成熟，精神只能在竞争中升华，道德只能在竞争中臻于高尚，人格也只能在竞争中完善。如果没有人与张仪对抗，他便会消沉下去，难以腾飞。国与国之间没有对抗，就会失去防范；合纵连横之术没有对抗，同样也会失去存在的意义。如果帮助处于潦倒中的张仪去任秦相，那将是一件具有深刻意义的大事。苏秦这样想着、筹划着，也在暗暗地行动着。

“士可杀，不可侮”，是任何一个具有高尚气节者的共性。张仪就是具有这种性格的人。一天，一个交往不多的人来见张仪并劝他道：“你的老同学苏秦，挂六国相印，周游列国，上马金，下马银，是何等威风！你为什么不求助于他呢？只要他肯帮忙，你的理想又何难实现？”尽管求学于鬼谷子门下时，张仪自我感觉并不比苏秦差，但机遇不佳，官运难通，他不得不走求助于人的这条路。

这一天，满怀希望的张仪，拖着疲惫的身影来到金碧辉煌的苏秦相府，递上书札，请求接见。不料苏秦找借口不答应马上接见，且布置手下设法拖住，不让他离去。这样推三阻四，一连几天把张仪折腾得火冒三丈，恨得咬牙切齿，连声咒骂，便打算一走了之。苏秦见张仪火升上来了，才安排和他见面，赏给他与奴仆一样的饭菜，还连连责怪道：“凭你的才能不应该潦倒到这个地步。本来我可以说几句好话，使你获得富贵，但又觉得你不值得我这样做。你今天这个模样来见我，难道不觉得有辱师门吗？”苏秦说罢这几句话，便扬长而去。

张仪受到这番奚落，烈火中烧，愤然离开苏府。他思前想后，感到只有秦国才能困扰赵国，便下决心一定要进入秦国的政治集团，不然，这口恶气是永远也咽不下去的。

饱受凌辱的张仪，经过一番痛苦的思索后，终于怀着激越的心情踏上了西去咸阳的征途。然而，此时囊中空乏，不免忍饥挨饿。幸好路上遇到了几个好心人，对他照顾得十分周到。他们一起乘车、骑马，一起餐宿，好心人还为他付款垫钱，十分慷慨，几乎成了一家人。这事令张仪感激万分，心想：世上还是好人多啊！苏秦啊，你何其情薄？张仪啊，你又何其幸也！

经过一番努力，张仪终于取得了秦惠文君的信任，成了秦国的客卿。惠文君常与他促膝谈心，共同商讨进攻各国的大事。他也一再表示要帮助秦惠文君称王。这时他在秦国的政坛上稳稳地站住了脚，但一路随他到咸阳来的几个伙伴突然来向他辞行。他疑惑不解地问："在我最艰难的时候，是你们几个陌生人帮助了我，为什么在我命运好转的时候，却要离开我呢？"这时同行的几个人才向张仪吐露实情，告诉他这一切都是苏秦的精心安排，苏秦这样做是担心秦国进攻赵国，破坏他为之奔走游说的合纵部署。这时，张仪才如梦初醒。苏秦知道张仪是天下奇才，是最能掌握秦国政权的能人，由于出身卑微，无人引荐，一时陷于潦倒的境地，一旦时机成熟，就会干出一番轰轰烈烈的事业来。为了不让小利淹没了大才，苏秦才设法激励他到秦国去施展抱负。这时张仪感慨万分地说："这本是我们两人共同钻研过的'权谋'之术，为什么我一点也没有觉察到呢？看来苏秦比我明智得多啊！"这时他的恨意早已消失得无影无踪，唯有那"同窗好友"之谊填满胸际。

苏秦死后，张仪虽然破坏了苏秦合纵事业的基础，但这是出于政治形势的需要，而在苏秦生前，张仪始终没有改变自己的诺言。这正是"惺惺惜惺惺，英雄爱英雄"的表现。正是这种互相尊重和对抗，他俩的才华才得到了充分的展示，友谊也在这种竞争和对抗中得到了巩固。

俞伯牙和钟子期

在武汉市汉阳区内，有一处万众瞩目的名胜古迹，名叫古琴台。琴台前有一条宽阔的马路，直通武汉长江大桥和江汉大桥。这是一座历尽沧桑、屡废屡兴而又富有神秘色彩的建筑物。这里也是一处旅游处所。每逢节假日，游人纷至沓来，十分热闹。这座还不能确切考证出具体建台时间的古琴台，为什么有如此大的魅力，吸引如此多的游人呢？因为这里曾有一段感人至深的友谊故事，并留下了一曲永放异彩的《高山流水》古琴曲。故事的主人公就是生活于春秋战国时期的俞伯牙和钟子期。

伯牙和钟子期都是当时的楚国人，大约生活于与屈原差不多的年代。那时，楚国政治腐败，奸臣当道，一批贤能之士或隐遁林泉，或跑到其他诸侯国去寻找施展才能的机会。于是，俞伯牙便来到了晋国，当了一名"楚材晋用"的大夫；而钟子期不愿与统治者同流合污，便避世遁隐，寄情于山水之间。

伯牙琴艺超群，他的琴声能令驾车的马听了，也会仰起头来静心聆听，可见高妙到了何等程度。

有一天，伯牙路过汉阳，架一叶扁舟，在月下鼓琴，正好钟子期从这里经过。琴声婉转悠扬，粗犷而柔美，简放而易行，似驰原的骏马在奔腾，似雄鹰在俯视大地，似猿猴在攀登高崖，似山风在摇动树枝，似探险者临高长啸。钟子期的思绪随着忽高忽低、忽急忽缓的琴音在驰骋，他感觉自己像攀缘在悬崖峭壁之间，有时又像跨越千山万壑，凌高望远，意境高昂。他连声称赞道："美哉乎鼓琴，巍巍若太山！"

正在专心弹琴的伯牙不动声色，微闭双眼继续弹着，就像一尊凝重的根雕聚集全身心的智慧与精力于指尖。这时哗哗的琴声又转向了流水，时而涓涓滴滴，潺潺轻唱，如滚珠落盘；时而又如河水滚滚流淌，一浪盖过一浪，推挤而至；时而又如恶浪滔天，波涛汹涌，铺天盖地，虎啸狼嚎，汹涌而来。钟子期的思绪再一次随着缓慢的溪流而逐步转入急切昂扬的琴声中，他像涉过小溪，来到大河。他陶醉了，神往了，不由发出一声惊呼。

这惊呼声划破寂静的夜空，钻进俞伯牙的耳中，他心里一怔，琴声戛然而止了。因为听琴的人猜透了自己的心意，听出了自己所弹的内涵，总算遇到了"知音"，不禁喜上眉梢，便邀请钟子期彻夜长谈。在宁静夜晚，这对初识的朋友，探索了许多问题。自然，谈得最多的是音乐，是琴。他俩一致认为音乐是有声的诗，无形的画。它可以折射出大自然的无限风光和优美景色，可以用山的壮美来鼓舞雄心壮志，也可用江的澎湃来洗刷污浊。音乐是心灵的窗口，不仅可以抒发喜怒哀乐，还可把人引入广阔的精神空间。那诗化般的流动效果和无以名状的色彩，会形成一种扑朔迷离、肃穆、清静的仙佛意境，使浸淫于其间的人们，不由自主地归真向善，走向至美与自然，也会使长途跋涉的人，不再感到寂寞和劳累了。为此，他们相约于明年的此时此夜，再在这里相见，共邀明月，共赏佳音。钟子期也高兴地应允了，一曲《高山流水》把两个朋友的手牵了起来。

第二年的这一天，俞伯牙怀着无限企盼的心情，又来到了汉水之畔，等候知音的到来。然而，他左等右等，也不见钟子期的身影。他像礁石一样守候在汉水之滨，心潮起伏。心想：自己怀着美好的愿望来到这里，是为了这片宁静的蓝天，为了这相识的知音，为了能握手叙说心路历程，坦言生活的甘辛苦辣，抒发人生的感悟，激发对音乐的共鸣，引发对社会的关注和精神的升华……然而，为什么钟子期会负约呢？他百思不解。

经过再三打听，俞伯牙才知道钟子期已经离开人世了。他是何等的伤心啊，觉得自己的琴弹得再好，也没有人能听懂了。在万分难受的情况下，他便把相伴自己多年的琴摔破了，并发誓不再弹琴。于是，去年的“听琴”处，便成了今年的“摔琴”处。然而，这段“知音难觅”的故事与这段《高山流水》古曲，却永远流传下来了。后人为纪念这对心心相印的琴友，在当年听琴、摔琴的地方建起了古琴台。

古琴台屡废屡建充分证明我们的祖先是十分珍惜友谊的，也是热爱音乐喜听琴声的。像伯牙与子期这样的知音，是千古典范，是激励后人的榜样，又怎么会被时间磨灭呢？

魏无忌和赵胜

魏安厘王二十一年（公元前256年），在秦、赵、魏三国的交界线上，发生了一桩血案。魏公子无忌的侍从和朋友朱亥，乘着他与大将军晋鄙说话之机，从袖管里甩出了个20千克重的大铁锤，把战功赫赫、执掌兵权数十年的大将晋鄙打得脑浆迸裂，血流满地，一命呜呼。一时间，军营里像开了锅似的，不知怎么办才好。这时满面泪痕的魏公子无忌从容地站了起来，怀着沉痛而又无可奈何的神情召集全军讲明了事情的原委以后，立即宣布了三条法令：一、父子同在军营者，父归；二、兄弟同在军营者，兄归；三、独身在军营者，遣归。经过一番精选之后，他只留下了8万人马。有所失，必有所得，这是事物发展的规律之一。无忌命朱亥杀死晋鄙，使魏国失去了一员大将，是魏国不小的损失。但他夺得了指挥军队的权力，可以为援助赵国、保护魏国进行一场战斗了，可以避免唇亡齿寒了。

历史进入战国时期，“七雄”争天下。势力强大的秦国，久怀并吞八方、扬威四海之志。秦国在打败赵国之后，在长平一次就活埋了40万赵军，接着又围困赵国的京城。战争的风云笼罩着邯郸，魏也随时有亡国的危险。

平原君赵胜、信陵君无忌、孟尝君田文、春申君黄歇，是战国时上流社会的四大名人。他们风流倜傥，富有才华，仗义疏财，广结人才，庇荫大众。他们的声望有的比国君还高，他们针砭时事，关心国家大事，是可以倚重的栋梁之才。但也有因声望过高，遭到国君猜忌和排斥的情况存在，信陵君魏无忌正是这样。

赵公子胜与魏公子无忌既是名流，也是朋友。当赵国受到秦国威胁的时候，公子胜曾多次写信给魏安厘王与公子无忌，向其求援。魏国派大将晋鄙率10万大军去援助赵国，立即受到秦国的威胁："我们进攻赵国，早晚就要拿下来了。各国谁敢去援救，当我们攻下赵国之后，一定立即派军队去攻打他。"魏安厘王害怕强秦，便令晋鄙停止前进，让军队留在邺地，名义上是救赵，实际上是脚踩两只船，以存观望。

当赵国向魏国求援的时候，公子无忌曾多次向哥哥安厘王建议，希望他真心实意地帮助赵国赶走强秦。可是，胆小如鼠、一叶障目的安厘王，就是不听他的意见，以致晋鄙的军队总是在原地踏步。望眼欲穿的平原君赵胜对魏军此举十分恼火，便写了一封义正词严的信给魏无忌道："我之所以高攀你，并与你结交，完全是因为你行为高尚，讲义气，重情义，能解救别人的困难。现在赵国早晚要投降秦国了，而魏国的救兵始终不来，从哪里能看得出你能解人之危呢？即使你瞧不起我，要抛弃我，难道你不怜念你姐姐吗？"魏无忌虽然动员了所有能说上话的人去劝说安厘王，但做哥哥的既不给弟弟这个权，也不给妹妹这份情。在万般无奈的情况下，无忌决意不图自己苟活，请求以自己的宾客凑集100多辆车子去赴赵国之难。

"士为知己者死"是中华民族的传统美德之一，无忌这一破釜沉舟、孤注一掷的行为虽然是崇高的，但其中又包含了许多不够理智和不周密的地方。在这关键时刻，德高望重、足智多谋的侯嬴向无忌走来了。他语重心长地指出无忌的盲动性，指出要救赵必须夺得指挥军队的权力；要夺得指挥权，必须拿到控制在安厘王手中的兵符。但是，怎样才能拿到兵符呢？无忌的另一位朋友安厘王的宠妃如姬，为了帮助他，冒着杀头的危险把兵符偷出来并交给了他。这样就有了取代晋鄙指挥军队的可能性了。屠夫朱亥是一位大力士，是侯嬴推荐给无忌的另一位朋友，为实现救赵的目的，他也随无忌出征了。于是便发生了前文描述的朱亥杀死晋鄙那惊心动魄的一幕。在窃符救赵的关键时刻，朋友们都伸出了援助之手，侯嬴、如姬、朱亥同样踏着"救赵"的鼓点，在设谋、窃符、夺权的活动中，表现出无限的真诚。正是大家的尚义行动，帮助无忌铺起了一条成功之路。

援军出发了，他们快马加鞭朝邯郸赶去。这时，企图一口吞下赵国而又久围不下的秦兵，恐怕魏军截断了归路，便慌忙撤退，邯郸之围遂解，赵国的安全因而得到了保障。赵王再三向无忌拜揖施礼，高度评价无忌是自古以来最贤德的公子。无忌因为得罪了安厘王，从此，有家不能归，便客居于赵国。

胜利、功劳往往会令人头脑发昏。无忌虽然是一个品德高尚的人，但也有失去警觉性的时候。赵王和平原君向他再三致谢并要加封他领地，他有些飘飘然、喜形于色。这时另一位朋友批评他道："事情有不可忘记的，也有可以忘记的。别人对你有恩德，是不能忘记的；自己对人有恩德，希望你能忘记它。何况你这次假传魏王的命令来救赵国，对赵国来说，是有功的；对魏国来说，就不能算忠臣了。如果因为这次成功地救了赵国，就骄傲起来，实在是不应该的。"无忌听了这话，直感到如五雷轰顶，无地自容。这时朋友如明亮的镜子，照出了他心灵深处的阴影，并及时地给他指了出来，使得无忌在以后的日子里，更加注意自己的修养。

毛公、薛公是赵国的两名隐士，富有才华，讲究德行，远近闻名。无忌在魏国时就听说过这两个人，只是无缘相见罢了。到了赵国之后，通过一些渠道，打听到毛公混迹于赌徒之中，薛公混入卖酒人家中。无忌想会见两人，而他俩老躲着不见。无忌打听到两人的住址以后，便秘密地步行拜访，逐渐与他们成了朋友。赵公子胜听到这事后，不无轻蔑地对妻子说："从前我认为你的弟弟是天下独一无二的贤人，现在听说他与酒鬼、赌徒混在一起，真是太荒唐了"。赵胜的妻子听后，便规劝弟弟收敛一点，免得人家耻笑。不料，第二天无忌收拾行装来辞行道："我当初听说平原君是一个明智贤能的人，所以我背叛魏王来救援赵国，以顺平原君的心意。原来，他结交朋友，只是气魄很大，而不是寻求贤士。我在大梁的时候，就听说过毛、谢二公的才能、德行都很不错，到了赵国只怕见不到他们，我这样的人跟他们交往，还怕他们不理睬呢。现在平原君竟认为我跟他们交往是丢面子的事，这是我早没料到的。看来我不应该再与他交往下去了。所以，我决定离开。"

平原君一听这话，才知道自己犯了一个很大的错误：虽然结交了许多朋友，但终因门第观念作祟，忽视了向下层社会寻找具有远见卓识的挚友、至交。于是，他脱下帽子万般诚恳地请求无忌留下来协助自己。就这样，无忌在赵国一住就是10年。秦国听到魏公子无忌在赵国，便日夜派兵攻打魏国。魏王发了愁，便派遣使臣迎接公子回国。无忌害怕魏王怨恨自己，便警告门客说："有替魏王传递信息者，处死罪。"门客们大都是当年跟随无忌背离魏国到赵国来的，因此也没有人敢劝公子回国。毛公、薛公知道这个消息后，一同去见无忌，并劝说道："公子被赵国尊重，名声流传于各国的原因，只是因为有魏国存在。现在秦国进攻魏国，魏国危急而公子不顾惜，假使秦国攻破大梁，毁坏先王祠庙，那时您还有什么脸面活着呢？"无忌还没有等他俩把话说完，脸色就变了，立即吩咐车夫套马赶回魏国去。从这里可以看出，朋友的话，对无忌顾虑的打消，起着何等重要的作用啊！人们常说："多一个朋友，就等于多了一颗头脑，多了一份智慧。"这难道不是铁的事实吗？

临行时，赵胜与无忌依依惜别，毛公与薛公也颔首微笑。一群重义气、重友情的朋友，在纷繁的世态中挥手告别，心中翻滚着永不止息的波涛，为历史书写着一曲友谊的颂歌。

荆轲和高渐离

荆轲本是齐国人。他的祖先，曾因诸多政治原因，流徙于吴国、卫国之间。秦灭卫后，他又逃到了燕国。他平生好读书、击剑，又喜结交朋友。他想以自己学到的知识和精湛的剑术，帮助弱小诸侯国摆脱被强秦并吞的危险。因而，他曾游历卫、赵、燕等北方诸侯国，试图得到这些国君的赏识与信任，以实现自己的抱负，然而却多次碰壁，没有成功。

荆轲在入秦之前，曾闯荡江湖，寻觅知音，但都因性格不同、情趣迥异，不欢而散。他来到燕国之后，结识了一位会敲筑（一种乐器）的人，名叫高渐离。高渐离击筑的技艺高超，在燕国有点名气。两人相识之后，很快就成了知己，经常醉饮于燕都闹市。当喝到酣畅的时候，高渐离击筑，荆轲则和着拍子引吭高歌。两人时而乐，时而泣，悲喜无常，旁若无人。他俩为找到知己而高兴，也为天下缺少知音、英雄无用武之地、浑身才能无处施展而悲伤。

后来，荆轲在田光的举荐下与燕太子丹结交，便积极地筹划入秦行刺的事。准备工作虽然办得并不如意，但迫于形势，他还是决定提前起程了。临行的这一天，太子丹穿着白衣，戴着素帽，在易水之滨的一个僻静之处为荆轲举行了一次告别宴会。早春的风依然是那般凛冽，大地依然被衰草裹得严严实实，树上的枝条被风刮得索索作响，好像是在呜咽。这时荆轲的好友高渐离提着好酒和狗肉来了，他要为即将启程远行的荆轲弹奏一曲，以壮行色。酒过数巡之后，高渐离拿出筑，弹起了凄切的曲子。大家听着那用竹尺敲击筑发出的声音，心里发颤，连汗毛都竖起来了。

萧瑟的风声与悲壮的歌声融成一片，揪人心弦，催人泪下。在座的人再忍受不住了，不禁失声痛哭。突然间，筑调又变得慷慨激昂起来。

最后，太子丹端起酒杯，跪着敬献给荆轲。荆轲接过酒杯，一饮而尽，然后把酒杯抛进了易水之中，带着秦舞阳登上车子，头也不回地踏上了西去咸阳的大道，演出了刺杀秦王未遂的悲壮的一幕。

荆轲远走了，他给高渐离留下了深深的追念，也留下了无穷的哀思。他为荆轲的行刺失败反遭杀害而感到万分的惋惜和痛楚。于是，一个为朋友雪恨的计划，时时在他的心中涌动着。而虎狼成性的秦王则四处捕捉太子丹和荆轲的同党及朋友。高渐离自然成了追捕的对象。从此，高渐离藏起了心爱的乐器，换衣脱帽，变姓埋名，流落于宋子城（今河北赵县），当了一名佣人。

有一次，主人家来了一位客人，也好击筑。高渐离评论道："这筑击得并不高明。"主人听说后，便要他试一试。谁知他这一击，满座皆惊。从此，宋子城内都知道他会击筑，豪门大族也轮番请他击筑助兴。这时，秦王政已经统一了全国，自称"始皇"。听说宋子城有个会击筑的人，便命人把他召进宫去。高渐离心里是何等的高兴，心想，为朋友复仇的机会终于来了。可是，高渐离不久被人认出是荆轲的朋友。秦王为了取乐，赦免了他的死罪，但叫人用马粪将他的眼睛熏瞎了，为的是让高渐离看不清自己。天长地久，高渐离渐渐有了接近秦始皇的机会，他便预谋着一个复仇的行动。铅是一种比重较大的金属，高渐离偷偷把铅灌进了筑柱中，等待着时机的到来。有一次击筑时，高渐离觉得离秦始皇的距离比较合适，便一跃而起，捧着筑朝秦始皇击去。可惜，他因眼睛看不见，偏离了方向，扑了一个空。结果，他和荆轲一样倒在了血泊中。

荆轲与高渐离，一对知己，行侠仗义，先后走上了反抗专制主义的道路。他俩言必行、行必果、勇于献身的行为，光照后世。

陈蕃、周谬、朱震

“陈蕃悬床”、“朱震藏孤”，这是发生在东汉桓帝、灵帝时期的一段朋友之间的佳话。它记录着陈蕃与两个朋友真诚相待、以死相救的故事。

付出与收获是对等的。有了付出，就会有收获，这是永恒的价值观。在与朋友的交往中，付出不应是天平上绝对的砝码，也无须保持绝对的平衡。但在社会的整体环境中，只要付出了，就会得到回报。陈蕃曾付出了许许多多的真诚，却从不计较回报。他也绝没想到死后得到的回报，竟是那般沉甸而感人。

陈蕃，字仲举，汝南平舆（今河南汝南）人。他的祖父曾做过河东太守。他少年时就有不平凡的抱负。有一次，他父亲的朋友薛勤到他家来做客，他若无其事地独居一间陋室学习，满屋的书籍乱七八糟地摆着，地上的纸屑脏物成堆，连墙边也长上了青苔，更不用说蜘蛛网了。于是，其父便对他说：“你这孩子怎么不把房子打扫干净，请客人进来坐一坐呢？”不料这位未成年人竟落落大方地回答：“大丈夫处世当扫除天下，哪能为一间房子的事而忙碌呢？”话一出口，薛勤一震，心想：这个小孩竟有如此大志，将来一定是有用的人才。洒扫庭除、礼貌待客，这是常人应具备的美德，但对一个具有凌云壮志的孩子来说，就不能求全责备了。因此，薛勤不但没有生气，还着实肯定了一番，鼓励他为“扫除天下”多作努力，做一个有远大抱负的人。

成年以后的陈蕃的确是一个个性鲜明、处事不随世俗浮沉的人。早年，仕于郡，举孝廉，任郎中，因服母丧去职。又由于与顶头上司意见不合，便弃官不做。后来经过太尉李固的推举，被征为议郎，再升为乐安太守。当时李膺任青州刺史，有“威政”之名，许多贪官污吏和能力薄弱者多引退归田，唯有陈蕃以“清绩”得以留任。

有个叫周谬的人，既有学问，品德又很高洁，却不愿做官，也不愿与官府的人打交道，是一个安贫乐道、与世无争的真隐之士，以前多届郡守均仰慕他的名气，相邀做客，或以高官厚禄相许，都遭到了他的拒绝。唯有陈蕃相约相请，他才乐与交往。这是为什么呢？首先是周谬了解陈蕃少有“清世之志”，不同于一般贪赃枉法、胡作非为的官吏；其次是陈蕃了解周谬不求闻达的志向，是一个超尘绝俗的人物，所以，从不勉强他做不愿做的事，也不以官位和物质去引诱他。因此，两人见面谈得很投机。周谬来了，陈蕃以礼相待，相互谈论学问、生活、情操，决不涉及官场中的事。陈蕃还为周谬准备了一张特殊的床，周谬来了，留他住宿，周谬走了，又把这张床挂起来，谁也不敢再动用。因而，“悬床之请”就成了陈蕃与周谬友好交往的一段美谈。

在陈蕃仕宦道路上，“清世之志”也是有口皆碑的。有个叫赵宣的平民，葬亲而不封墓道，服丧20多年，乡里人都称他是孝子，多次向陈蕃举荐此人。等到陈蕃与赵宣见面谈起家常事时，了解到他的5个儿女都是服孝期间生育的，陈蕃大怒，斥责此人伪装“孝道”，表里不一，“诳时惑众，诬污鬼神”，并判处其罪。

陈蕃后担任尚书。当零陵、桂阳二郡“山贼为害”的时候，大臣们都主张派兵去镇压，唯有陈蕃上疏驳斥道：“二郡之民闹事，一定是地方官‘虐政’所致，应当审查地方长官，清除在政失和，侵扰百姓者。”于是，朝廷便选清贤奉公的人去宣布法令，安抚百姓。事实正如他所分析的，不久，所谓“郡民闹事”的事，就平定下来了。

朱震也是陈蕃的朋友，当他做州从事的时候，就很有政绩。在弹劾济阴（今山东曹县、菏泽一带）太守单匡的时候，朱震秉公办事，不留私情。人们曾以这样的谚语来夸赞他：“车如鸡栖马如狗，嫉恶如风朱伯厚。”意思是说朱震不讲究个人享受，也不摆阔气和威风，但嫉恶如仇，办事雷厉风行。可见他与陈蕃的处世作风有很多相似之处，彼此深交，也是理所当然的事。

当陈蕃遇难暴尸于荒野的时候，朱震正担任安徽滁县县令。消息传到他的耳里，他十分心痛，便摘掉自己的乌纱帽，冒死赶去为陈蕃收殓尸骨，又将陈蕃的一个儿子陈逸藏于茂陵。这时专权的曹节、王甫等人，正在追捕陈蕃、窦武的余党。朱震此举体现了他为朋友甘愿赴汤蹈火的忠诚。然而，事情最终还是被泄露出去了。于是，朱震一家也被抓了起来，并被投进了监狱。

在监狱里，朱震被宦官们轮番拷打，几至皮开肉绽、筋挑骨断。此时，他唯一的信念，就是保存亡友最后的一条根。尽管自己被折腾得死去活来，他也没有说出“匿孤”的事。直到黄巾起义，朝廷大赦党人时，陈逸才获得自由，重见天日，并被封官鲁地。

相待以诚，相持以义，是物欲熏心、金钱至上者学不会的，它必须发自内心。伪善的世界是不相信真诚的，而陈蕃、周谬、朱震坚持以不泯的真诚谱写出的“悬床”、“藏孤”之举，在友谊的王国里奏响了一曲圣歌，让后人景仰不止。

蔡邕和王粲

“蔡邕倒屣”记录了东汉一代名家蔡邕与王粲交往的一段故事。蔡邕与王粲不仅年纪相差很大，而且他们是先闻名，后相识相交，一旦相识，就像故交一样，忘年忘形，推心置腹，真诚相待。

蔡邕是一个博学多才的人，深谙琴音，还能自己做琴。蔡邕的生活道路是坎坷的、悲怆的。他先在司徒乔玄那里做事，受到乔玄的器重，出补河平长，不久拜为郎，校书东观，进而迁为议郎。这时他虽然向朝廷提出过许多革除吏治弊端的建议，主张惩罚不法官吏、选择贤良，但都没有引起朝廷的重视，反而招来“仇怨奉公，议害大臣”的“大不敬”罪名，而被一再惩处、追杀，逼得他亡命吴越达12年之久。董卓专权以后，想利用蔡邕的名望来巩固自己的地位，软硬兼施，逼他应命，竟有“三日之内，周历三治”的事发生。第一天封他为祭酒，第二天封他为侍御史，第三天封他为尚书。不久，又拜蔡邕为中郎将，跟随献帝迁往长安，后又封高阳乡侯。蔡邕虽然受到董卓的器重，并且也想借此机会发挥自己的政治才能，但因董卓的刚愎自用，他提出的许多有益建议都无法实现，加上他无法逃脱董卓的控制，最后随着董卓的诛灭而被王允所害。一代英才被淹没在混乱的时局中，成了野心家董卓的陪葬品，常令后人叹息不已。

王粲为“建安七子”之一，其诗语言刚健，词气慷慨。蔡邕与王粲的交往，发生在汉献帝迁都长安的这段时间。蔡邕因才学著称，且在董卓的一再举荐下，成了“贵重朝廷”的人物，因此前来拜访他的人很多。时人以“车骑填巷，宾客盈坐”来形容。为了寻求政治上的出路，展现自己的风采，出身于官宦世家的公子王粲，也加入了来访者的行列。

这一天，蔡邕盘坐在官邸，与来访者高谈阔论。家人前来通报道：“有个年轻人，名叫王粲，想求见大人。”蔡邕一听，神情顿时喜悦起来，连鞋子也来不及穿好，就出来迎接王粲。那股热情劲，让满座的宾客都感到震惊。等到见了面，大家心里不禁凉了半截，原以为王粲是一个风流倜傥、相貌伟岸、令人望而生敬的人，谁料蔡邕领进来的是一个孱弱矮小、面黄肌瘦、难登大雅之堂的人物。蔡邕看着大家的表情，似乎听出了大家的心声，连连说：“这是王公（王畅）之孙，是一个很有抱负和才能的人，我远远比不上他呀。”经他这么一说，大家自然就乐意接受这个年轻人了。这时的王粲才17岁。后来在蔡邕的推荐下，王粲担任了侍郎。

王粲在长安逗留的日子里，与蔡邕交谈了许多，蔡邕也更加器重他了。王粲的确是一个奇才，有着惊人的记忆力，有过目不忘的本领。道旁的碑文，他读一遍以后，就能一字不漏地背下来。他精通数学，文章写得又快又好。人们怀疑他“举笔便成，无所改定”，一定是早就起好了腹稿。其实，在许多情况下，仓促执笔，他也如此神速。坚实的功底，决定了他的才华横溢。

也因为有了王粲的尊崇，蔡邕的心境才变得如此欢乐，从而使“倒屣迎宾”的故事，能更久远地流传。

荀巨伯与病友

荀巨伯，河南许州（今河南许昌）人，生活于东汉末年。这是一个战乱频繁的时代。其间有农民起义，也有中央皇权与地方割据势力的战争，还有汉族政权同少数民族之间的战争，更有少数民族豪酋之间的互相攻伐，以及少数民族统治者同北方地主集团的攻守战争。各类性质不同的战争，把整个中国扰得天昏地暗。特别是董卓之乱后，各地割据势力之间的战争，此起彼伏，真是民无宁日。各个集团为了扩充军事力量到处招兵买马，所招揽的人，缺乏纪律，所到之处，既杀又抢。战争过后，城池往往变成一片废墟，就连一部分胡人，也乘机蹿进中原打家劫舍。

荀巨伯探望病友之际，正值胡兵攻城。剽悍的北方蛮兵，骑着高头大马，挥舞着锐利的兵器，横冲直撞，几乎没有碰上任何抵抗的力量。城里的人早都逃光了，逃不出的大多做了刀下鬼。

病友一见荀巨伯冒这样的风险来看望他，急得冒出一头冷汗，急急地说："我现在重病缠身，无论怎样也逃不出去了，只有等死！你冒险来看我，我感激不尽。现在乘敌人还未进入我家，你赶快逃走吧，不然就要连累你了。"

荀巨伯一听此话，不以为然地回答："我这么远来看你，就是放心不下。现在一遇风声紧急，就离开你，这种行为是极不符合道义的，我不屑干这种事。"不管病友怎样劝他，催促他，他还是守在病友床前，不离开半步。病友急得没法，流着眼泪对他说："巨伯啊，我是快死的人了，连累你遭殃，我是何等的不安啊。"

正当病友苦苦哀求他离去的时候，胡兵们闯了进来，霍霍的大刀和长矛，一齐逼到他俩的胸前，大声责问道："大军所至，一郡皆空，你们是何人，敢于独自留在家中，难道不怕死吗？"

荀巨伯从容回答："我的朋友正患着重病，我怎能舍下他不管呢？如果你们要用人当兵，请以我去替代。如果你们要杀人，请向我开刀吧！但请求你们不要杀害我的朋友，他已经被疾病折磨好久好久了……"

这简单的请求，朴素无华，掷地有声。这批胡兵听了他的话相视而道："我们是不义之师，闯进了有义之家，何必乱杀无辜呢？"于是，胡兵悄然而退。由于荀巨伯的义举，大家获得了平安。

"人"字的结构是互相支撑着的，如果这结构的半边已经发生动摇，另半边就需牢牢地支撑着。朋友之间更需如此。大难来时各自飞，这似乎是一种通常的现象，但荀巨伯不是这样。在最危急的时候，他的气节、他的风骨、他的灵魂得到了净化，得到了升华。他像一块光芒四射的钻石在友谊王国里闪烁着异彩，为忠诚的友谊之树缀满了繁花绿叶。

范冉和王奂

王奂与范冉是两个耻于"势交"、"利交"、"贿交"的典范，他们之间的交往，是不含任何功利色彩的贫贱之交。

王奂，字子昌，河内武德（今河南沁阳）人，其家境虽然贫寒，却志存远大。他年轻时曾负笈求学，每当手头拮据、无以为生的时候，总乐意放下书生的架子，从事劳动来解决自己的吃穿问题。他还是一个善于发现人才的人。在他执政期间，听说有个叫仇览的人，能坚持以德化人，他便征仇览为主簿。可以说，王奂在职期间，政绩可嘉，堪称一代清官。

范冉与王奂的思想性格有许多相同之处，他们很早以前就是推心置腹的朋友。在一同学习、一同出访的日子里，由于彼此能敞开心扉交谈，在许多问题上，两人增进了共识，也加深了感情，彼此把美丽的情感深深地印在了各自的心田，作为永久的记忆与牵挂。后来，王奂在担任考城令时没有忘记这位故交。考城距内黄很近，公务之余，王奂总要抽空去拜访范冉，畅谈往昔，探索未来，吟诗作文，情真意切，而且还多次邀请范冉去考城做客，并想邀请他与自己一道治理考城。但范冉总是以各种理由推辞，这常使王奂感到失望。

过了一段时间，王奂要调到汉阳去当太守了。因为临行仓促，没有再来告诉范冉。但范冉还是知道了这个消息，心想：王奂将要远行，什么时候再能相见呢？心里不禁怆然。为了与好友话别，范冉便和弟弟准备好了一些酒菜，在路旁垒起一个土台，准备为王奂饯行。

王奂来了，随行人员挑着担，推着车，前呼后拥。范冉看了，心里并不高兴，也不愿与王奂直接打招呼，而是与弟弟坐在土台上高谈阔论。王奂走近他俩时，听出了范冉的声音，立即滚鞍下马，百般道歉。可是范冉执意拒绝道：“你在考城的时候，本想和你一起做事，但想到自己是贫贱之身，有污好友，所以我始终不敢造访。现在你要高迁远就，再见面就不知在何年某月，所以在这里为你饯行。如果我跟你到驿馆去，就将蒙上攀附权贵的污名了。但愿我们的友谊不会因时空的变换而变化，尽管身处异处，也应该是相应的；无需经常见面，也应该是相亲的……”就这样，范冉起身告辞，始终没有再回头看一下王奂。而王奂望着朋友远去的身影，久久不愿离开，心里泛起无尽的敬意。

这是一个朴实无华的故事。它与那种攀亲附贵和“ 人得道、鸡犬升天”的丑恶现象形成鲜明的对比。这样的真情既不是富庶对贫穷的怜悯，也不是文明对愚昧的嘲弄，不是智慧与狡猾的较量，更不是精神的麻木、道德的沦落，而是一种生活方式、一种生命形态，也是一种理解、一种觉悟、一片诗意。因此，他俩的友谊，赢得了史家的赞赏，为时人所推崇，为后人所效法。

严光和刘秀

严光从小就聪明好学，精通《诗》、《书》，在家乡一带颇有名气。他与人论辩，逻辑缜密而奇诡多怪，不同凡响。乡里人认为他将来一定会出将入相，会给家乡带来无限荣耀，因而对他总是另眼相看。稍长之后，严光希望自己成为一名学富五车的饱学之士，便不顾长途跋涉，来到人才荟萃的京师长安太学学习。

太学里也来了一个南阳豪门子弟刘秀。他英姿焕发，思想敏锐，善于交游。他见严光意气豪迈，也乐于与之交往，不久，两人便成了意气相投的朋友。

他俩都喜欢海阔天空地聊天，谈论起诗文来，神采飞扬；有时他俩也谈论人生，思考生命的奥妙和人生的真正价值。但谈论得最多的还是王莽篡权夺位的事。他们剥茧抽丝地分析王莽篡权夺位的必然后果，设想着推翻王莽政权的办法。此时此刻，智慧、激情、胆略在谈笑中竞相飞跃，宏图在胸臆中哗哗作响。特别是刘秀，自认是汉室宗亲之后，有着责无旁贷的责任去恢复汉室的宗庙。于是，刘秀到处联络起义军，为推翻王莽政权，开始了艰难曲折的斗争。严光也认为刘秀是“帝胄之英”，是名正言顺的继承人，所以也常“激发其志”，起着吹火助燃的作用。后来，刘秀从农民起义军的手中攫取到了胜利的果实，成了东汉的开国皇帝——汉光武帝。而只想成为大学问家的严光适逢乱世，无法在长安久待，便辞别南归。然而混战的烽火，已阻隔了归途。再说，自己是带着家乡父老的殷切希望离开的，如今落魄而归，脸上无光。于是，严光便决定先到人杰地灵的齐鲁去寻师问友，以待时局的变化。他走进了山东北部的一个小山庄，过起了极其简朴的隐居生活。

在政权稳定以后，素有儒者之风的刘秀，知道打天下要靠武功，治天下则要文治。于是，便广泛地收罗知识分子，想利用他们的名望和智慧、才能，来巩固自己的政权。此时，他最先想到的人，便是在太学里结识的、帮助他点燃希望之炬的严光。严光在哪里？一通通招贤榜发出之后，怎么也得不到他一点儿消息。光武帝刘秀便派人到严光家乡去寻找，但谁也没有看见过他的人影。刘秀也了解严光才高学富、自命不凡和不甘屈就的性格，便根据自己的记忆描绘严光相貌的特征，命画工绘制成一幅幅肖像，到处张贴，命人寻找。

其实，经过严酷战争洗礼后的严光，思想也产生了巨大的变化，他爱上了寂静无为的生活。什么功名利禄、理想抱负，全都抛到了脑后。于是，严光摘下了破旧不堪的儒巾，换上葛衣短衫，抛开功名的诱惑，就在青山之麓、清溪之滨，搭起了一间栖身的小棚，过起了与世无争的生活。沂蒙山绵延起伏，气势磅礴，荡涤着他心中的郁闷；沂河水清澈见底，洗尽了他的凡夫俗气。美丽的鱼儿在水中悠忽游弋，是多么的自由快乐，而人世间又是多么的污秽不堪、尔虞我诈。他早已安于现状了。清晨，他迎着薄雾，沐着朝霞，走向山冈，去舒展筋骨，吐故纳新，或走向河边，静静垂钓，寄思幽情；傍晚，红日西沉，他伴随归鸟走入窝棚，做着人世间最香甜的梦。山中才数日，世上已千年。严光在“钓翁”的梦中打发着日子，几乎不知道世上发生了多少变化。

皇帝的诏令一下，严光的确扬名了，各地官员四处打听严光的下落。不久，齐国（封国，今山东泰山以北）的官员来报告说：“沂河边有个男子，独居于山谷中，身披羊皮，经常坐在河边钓鱼，有几分像画像上描绘的人，只是不敢肯定。”刘秀一听，精神大振，认为此人八成是严光。于是，立即派出使者，备上专门聘请贤人的车辆，带上表示尊贵的玄色丝帛，前去迎接那位垂钓的男子。使者见了“钓翁”，奉上礼物，可“钓翁”连眼皮也不抬一下，更不通姓名，只说是“山野之人，志在江湖”，拒绝应召。无奈光武帝决心已下，一连三次派使者去请，非要把严光请来不可。出于无奈，严光最后只好跟随使者来到了长安。

光武帝见严光终于来了，甚是高兴，一见面，又是拉手，又是拥抱，显得十分亲热。而严光推说旅途劳顿，亟须休息，不愿与光武帝多说话。光武帝没法，只好先把他安排在皇家的馆舍中居住，一切生活用品及膳食全部由皇宫提供。

侯霸也是严光在太学里结识的朋友。听说严光来了，首先派人去拜访他。谁料严光对来人说了一串难听的话，令侯霸气急败坏，便跑到光武帝那里去告状。

光武帝十分了解严光的性格和用意，便亲自去驿馆看望严光。严光知道皇帝要来了，便躺在床上睡觉。

他呼吸平稳、悠长，好像真是在白日做梦。等了许久，光武帝弄不清他是真睡还是假睡，便走过去拍拍他的肚子说："老同学，醒醒吧，你能屈尊帮我治理一下天下多好啊。"严光没有回答，只是翻了翻身，又过了好久，才微睁双眼，有气无力地说："士各有志，何必苦苦相逼。"光武帝没法，只得叹息着走了。

过了几天，光武帝又把严光接到宫里。两人同吃同住，一起回忆当年在太学里的往事，细数同窗的变故，感叹世事的变化，从容谈吐，十分投机。谈笑一直延续到晚上，光武帝便留严光在宫中过夜，并与自己同床共寝。睡到半夜，光武帝迷迷糊糊地感到有个东西压在自己的肚子上，还有一股淡淡的泥土味。用手一摸，原来是严光的一只脚。光武帝本想把这只脚推开，但又担心是严光对自己能否真正礼贤下士、与人同甘共苦的考验，只得忍着肚皮上的酸痛，度过了这难熬的一夜。

不久，光武帝面授严光为谏议大夫。严光并不谢恩，也不履行职责，只是对光武帝说："你让我走，咱们还是昔日的朋友。你让我留在这里做什么谏议大夫，反倒伤了和气。"光武帝见严光说得如此坦诚，知道即使留下了人，也留不住心，只好派人送他回桐庐故里，去过那林泉生活。

范式和张劭

故事发生在东汉桓帝年间，故事的主人公就是范式和张劭。两人虽然说不上是居庙堂之上的显赫人物，但彼此之间高度信任的程度，如春风摇落了枝头的残雪，摇出了串串花蕾，启开人们的心扉，为后世树起一个信守诺言的典范。

范式，字巨卿，今山东邹县人。张劭，字元伯，今河南汝阳人。在交通还十分闭塞的时代，两个求知欲十分旺盛的年轻人，来到洛阳太学寻求深造。在没有任何雕琢和虚饰的心态中，是同一个课堂、同一缕阳光、同一批师长、同一学习内容引导着他俩心灵的走向。在朝夕相处的岁月中，他俩共同学习，共同研讨时事，探求人生路上的种种问题，拳拳之情如一根绳索在不知不觉中牵动着彼此的心灵。岁月在不经意地翻动着日历，披着青春霓裳的他俩，不觉已在太学里度过了几个寒暑。他们从繁花似锦的春天走过来，穿过绿意浓浓的夏天，又进入到了硕果累累的秋天。学习期满，到了该离开太学施展个人抱负的时候了。

几多苦读，几多汗水，几多欢愉，几多慷慨激昂，令他们感到自豪，从内心深处升起一股从未有过的自信与渴望，点点滴滴酿成甜美的酒。然而，学习期满，同时也意味着朋友告别，各奔东西，这不免为生命的征程抹上一层淡淡的失落。在各奔东西的路口，依依之情令这对志趣相投的年轻人不忍遽然分手。此时此刻，他们没有合影留念的条件，也没有礼品互赠，只有千万的言语留在记忆的深处。

聚与散本是生命旅程中常见的事。相聚的人，不一定相识；相识的人，不一定相知；相知的人，也不一定要常聚。在这郑重惜别的时刻，范式为了安慰张劭，首先提出："两年后的今天，我一定登门拜见你的母亲并问候你的妻子和儿女。"张劭一听，不禁转愁为喜。于是，两人相约记住这难忘的承诺，然后挥手而别。

遵守自己的诺言，便会赢得他人的信任。花开两度，树增两轮，相约的日期到了。这一天，张劭把此事告诉了母亲，并请求煮酒杀鸡迎接宾客。老夫人不禁笑道："傻孩子，两年之别，千里之途，你真相信他能如期赶到吗？"张劭很有把握地告诉母亲："巨卿信士，必不乖违。"母亲不愿拂却儿子的一番心意，便将信将疑地为他准备着一切。

悠长而缠绵的思念，总是牵动着张劭的那颗心。这天中午刚过，他早早地来到了村边路口，伫立等候。远眺来往行人，总希望范式的身影早一点进入自己的视野。太阳渐渐失去了中午的火辣，山鸟归林了，家禽进窝了，农户们也辍锄了。这时张劭发涩的眼睛忽然一亮，"巨卿来了"、"巨卿真的来了"的欢呼声冲口而出，他是那么喜形于色。而范式呢？他带着一身尘土，带着一身疲劳，如期到了张家。登堂拜伯母之后，众人喜气洋洋，倾吐着离情别绪和相见的欢乐。这便是被后人称之为"人间鸡黍期，天上德星聚"的一段佳话。

范式后来走上了仕途，成为郡功曹。而张劭因体弱多病，常居家中疗养。他们见面的机会虽然少了，但感情的纽带仍然系得很紧，甚至是魂牵梦绕，心灵感应。张劭重病的时候，十分眷恋范式，昏迷中仍然叨念着“我今生再也见不到死友范式了……”守在身旁的另两个朋友郅君章、殷子微道：“我们都很关心你的健康，我们不是都守在你的身边吗？我们难道不是你的死友吗？”

张劭微睁着眼说：“你们都是我的好友、生友，但不能算死友。”在张劭的眼里，范式才是死友，其分量是何等的重啊！

范式早就知道张劭重病缠身，只因公务繁忙，没法亲自侍奉汤药，但这块压在心上的石头，常使他寝寐不安。一天晚上，他忽然梦见张劭病故了。一场噩梦之后，不禁放声大哭。第二天，他便向太守告假去奔丧。太守对他的这一举动疑惑不解，但范式还是素车白马赶往张家奔丧。这时，张家也正停柩等候他的到来。范式怀着万分悲痛的心情在灵柩前叩首致哀，并亲自引柩入墓。为了悼念亡友，他还留守了好些日子，修整好坟墓，栽上青松翠柏，直到青草已经覆盖、绿树成活的时候才肯离开。当后人读到范式与张劭的这段友谊故事的时候，无不为之感动。

崔浩和睦夸

《孝经·谏诤》里有一句名言：“士有诤友，则身不离于令名。”意思是说，一个人有几个直言相谏的朋友，就会有好的名声在外。相反，身旁多了几个贿友、害友，就会使自己身败名裂，甚至命丧黄泉。我们以北魏时崔浩与朋友交往的经历，来认识这个问题的重要性。

崔浩，字伯渊，北魏时清河东武城（今山东）人。他有显赫的家族史，几乎自魏晋以来，家族中代代有名臣。他的父亲就曾是北魏道武帝（拓跋硅）、明元帝（拓跋嗣）的重臣，深受皇帝和大臣们的敬重。崔浩在家庭的影响下，从小就才智出众，学识渊博。他熟悉各种典章制度，通晓天文地理，还懂得兵书兵法。他和父亲一样，深得武帝和明帝的赏识与倚重，官至司徒，袭爵白马公。然而，高贵的门第、出众的才智、显赫的爵位，在他的身上也烙下了许多难以改掉的坏作风、坏习惯。他遇事好争辩，不尊重别人的意见。他争强好胜的习气，常惹人怨恨、嫉妒，因而，一有闪失，便被人揪住不放。有人甚至利用他的弱点，在他面前吹捧、阿谀，这又使他昏昏然。

睦夸，名昶，赵郡高邑人。他是一个“有大度，不拘小节”、“耽志书传，未曾以世务经心”的隐逸之士。他在乡里之间威信颇高。十里八乡、左邻右舍有了纠葛矛盾，只要他出面调解处理，没有不听从的，因而具有“邦国少长莫不惮之”的威慑力。

睦夸少年时就与崔浩交往密切，并成为莫逆之交。崔浩十分了解睦夸的人品与才能，因此，担任司徒以后，就敦请其为中郎（掌管宿卫宫禁，侍从皇帝左右）。但淡漠功名的睦夸，以自己有病为由拒绝了。崔浩思念旧友，同时也觉得自己的确需要这种格调高雅、清心寡欲的人来支持，便通过郡衙门把睦夸请进了京城平城（今山西大同）。崔浩见睦夸来了，好不高兴。每日留他在府中居住，设宴款待，畅谈生平。他们或由浅入深，反思生命的奥妙；或触景生情，袒露心弦的律动；或剥茧抽丝，探索人生的真谛；或明譬暗喻，昭示生活的误区。但睦夸似乎又为自己树起了一道铁丝网，那就是决不与崔浩谈出山任职的话题。几天下来，崔浩的嘴似乎被睦夸封住了，始终拉不开这话题。崔浩也怕伤了朋友的自尊心，一直迟疑着，最后只把一封皇帝的诏书硬塞进睦夸的怀中。即使如此，睦夸还不愿意当官任职，并且说：“简桃（指崔浩）啊，你已经是司徒了，何必还要逼我呢！如果真要这样，我马上就告辞去了。”

睦夸来时骑的是一头毛骡。崔浩怕睦夸私自离开，便叫人把他的毛骡圈在大牲口棚里，让他找不到，想用这个办法把睦夸挽留下来。但睦夸去意已决，便托乡下人租了一辆车，谎称是官家御车，顺利地过了关卡回到了家里。崔浩知道睦夸志趣不在仕途，追赶也没用，十分后悔地对旁人说：“像睦夸这种品行高尚的人，我本不应该以位卑职小的官职来玷污他的人格。我不但没有尽到朋友的职责，反让他遭了旅途的劳顿，实在是太不应该了。”那时的法律是十分严格的，睦夸未经皇帝允许，擅自离开，就犯了“私归之咎”，要受处罚的。崔浩为了保护这位朋友，左挡右拦，为睦夸开脱，终于让皇帝没有再追究他的罪责。后来，崔浩又派人送还睦夸的骡子，并赠送骏马，以示谢罪。睦夸不但没有接受，连信也没有回。其实，睦夸心里十分明白，崔浩举荐他，是器重他的人品和才智；不究私逃之罪，是尊重他的志趣与性格。如果不是真正的朋友，绝不能做到如此地步。尽管发生的一切不能算是愉快的，但淡泊如水的崇高友谊，仍如煦煦春风吹拂各自的心灵，与那攀荣附贵者形成鲜明的对比。

李世勋和单雄信

这是一个真实的故事。它发生在唐代建国之初，故事的主人公叫李世勋、单雄信。

李世勋，本姓徐，字功懋，今山东东明人，是唐朝的开国功臣之一，因而被赐李姓。单雄信，济阴人，与李世勋一同起义，后为李密的部将。他骁勇善战，能在马上用枪，军中称之为“飞将军”。后又投降过王世充，为大将军。

李世勋出身富豪之家，“聚粟千钟”、“家资万贯”、“童仆数百”，加上他父子“仗义疏财”，在当时享有很高的声望。每逢灾年，他家总要开仓赈济，在动乱的岁月中，他家自然具有一呼百应、左右局势的力量。

隋朝末年，以杀父弑兄而攫取帝位的隋炀帝杨广，撕下了往日伪善的面纱，露出了狰狞的面目，推行一系列倒行逆施的政策。他好大喜功，南征北讨，炫耀武功，耗尽民力使天下为之骚动。他自认“贵为天子”，理应“享天下之富”，以“自快其意”。为了显示其繁华富贵，他用搜刮来的民脂民膏，广建馆阁楼台，供个人享用。他数下江南，造力舟千艘，遮天蔽日；跟着他出游的姬妾，数以万千。这个时候，他完全丧失了一个国君应有的品德，沉浸在“暮江平不动，春花满正开。流波将月去，潮水带星来”的糜烂生活中，从而把广大劳苦大众推到了“衣食不给、人乃相食”的深渊。老百姓再也活不下去了，于是纷纷举起反抗的旌旗。李世勋参加了当时的瓦岗军，并在荥阳（今河南）大海寺一战中，冲锋陷阵，建立了奇功。他又善于结交朋友，于是四方豪杰竞相前来投奔。到了后来，他又推举富有将才的李密，取代翟让的领导地位，使瓦岗军更具有战斗力，从而夺取了大片军事要地。在当时极为复杂的形势下，山东、河南一带水灾十分严重，他向李密建议道：“天下大乱，本是为饥，如若得黎阳一仓，则大事济矣。”李密接受了他的建议，并命他夺取黎阳粮仓之后，任老百姓取食。大家欢天喜地，不到 10 天，这支队伍扩大到 20 多万人，在左右当时的局势方面，起着举足轻重的作用。

隋炀帝死后，谋杀他的宇文化及成了众矢之的。妄想继续隋王朝统治的王世充，蓄意拉拢瓦岗军，造成两虎相斗的局面，相互拼杀。宇文化及覆灭之后，王世充又掉转矛头，攻打李密，迫使李密向西投靠了太原李渊集团。但是这时与李世勋同生死的单雄信，还在王世充的军中，并被任命为大将军。而李世勋则留在李密原来的地盘上转，同时也派人与李渊接上了头，不失时机地向唐军靠拢，并送去了上表文书。李渊见到来人，却不见奏表，只有一封给李密的信，感到很奇怪。弄清原因之后，李渊才明白李世勋原是不想邀功请赏。李世勋对下属说："魏公（李密）既归大唐，今此人众土地，皆魏公所有也。吾若上表献之，即利主之败，自为有功，以邀富贵，吾所耻也。今宜具录州县户口，总启魏公，听公自献，此则魏公之功也……"当李渊了解到李世勋这番心意之后，十分高兴地赞赏道"盛德推功，真乃纯臣也"，从而更加信赖他。

后来他与李世民一道合兵围攻洛阳的时候，与往日并肩作战而现在却成了敌人的单雄信相逢。在战斗最激烈的时候，骁勇过人、武艺高超的单雄信正好与李世民相战，单雄信跃马举矛，朝李世民的咽喉直刺过去。就在这千钧一发之际，李世勋大喊："雄信兄！这是秦王！不可造次！"单雄信一怔，便把长矛缩了回去，放过了李世民。然而，洛阳解围之日，王世充与单雄信都成了阶下囚。

怎么处置单雄信成了战斗结束后李世勋的一块心病。群雄割据、相互逐鹿的结局，总是"胜者为王，败者为寇"。单雄信既然成了唐军的俘虏，自然逃不出"处死"、"砍头"的命运。但是李世勋十分了解自己的朋友。他出身贫贱，忠实可靠，武艺精湛，智勇双全。将这样一位战将处死，实在是太可惜了！单就个人的感情来说，他也不希望自己享有高官厚禄，而朋友却成为刀下鬼！为此，他三番五次向李渊求情，愿意以自己的官衔厚禄换取单雄信的性命，并保证单雄信出狱后，忠心为唐王朝效力。

然而，李渊为了巩固已经攫取到的权力，固执己见，丝毫不尊重他人的感情，不管李世勋怎样硬磨软求，就是不答应，始终坚持要处死这批囚犯。回天无力、哭诉无门的李世勋，悲痛欲绝，号恸再三，只得亲自赶赴刑场，为单雄信送行。面对色如死灰的朋友，他的心在颤抖，泪在流淌。单雄信难过地说："你已经为我做了很多努力，虽然达不到目的，但我还是十分感谢你。回想起义初期，我俩同骑战马，驰骋沙场，同心相护，是何等畅快！今日隔世，只求以后事相托了……"听着听着，李世勋猛然抽出佩刀，从自己的腿上割下一块肉来，送到单雄信的嘴边道："平生誓共为灰土，岂敢念生！但以身许国，不能两遂。虽死之，顾兄妻子，如何？"即将告别人世的单雄信，面对挚友，深信不疑，张口吞下了这块饱含真情的血淋淋的"腿肉"，含笑走向了天堂。

狄仁杰和郑崇质

狄仁杰生活于唐高宗至武则天掌权的这段时间里，他是一个关心民族、政绩卓著的人物，也是一个不信鬼神、具有朴素唯物主义思想的人，更是一个以"孝友"著称的大好人。

他在并州的时候，同府法曹（王府、公府、将军府僚属之一）郑崇质担任出使"绝域"的使臣，即将成行。"绝域"即遥远的边陲，它意味着荒无人烟，也许是山高路险、湿热潮燥的南夷腹地，也许是莽莽丛林、猛兽蛇蟒出没之地。这时郑崇质的高龄母亲正患重病，但君命在身，郑崇质不敢拖延。正在伤心愁苦的时候，狄仁杰对郑崇质说："太夫人有危，而你要到很远的地方任职，如果带着母亲去，这么遥远艰险的路程，她老人家怎么经得起这番折腾呢？如果不带太夫人去，你又怎么放心得下呢？"他的话说到郑崇质的心坎上，只见郑崇质仰天长叹道："难啊，难啊，老天要这么惩罚我，又有什么办法呢？"面对朋友的困难，狄仁杰伸出了助人为乐的手，他回去找长史（掌管顾问参谋工作）蔺仁基，表明自己乐意代替郑崇质出使，以便他能照顾多病的母亲。当狄仁杰赴任远行登上太行山时，望着孤飞的白云对同行人说："我的老家就在这层层白云底下，我的母亲在望着白云，念叨着我！"此时，他心潮起伏，久久伫立着，默默地向亲人祷祝平安，直到孤云飘去，他才策马下山。

榜样的力量是无穷的。狄仁杰"代友远使"的事感动了他的上司蔺仁基。这时蔺仁基正与司马李孝廉闹矛盾，互相攻讦，工作很不协调。狄仁杰走后，蔺仁基很是内疚，觉得自己职位比他高，年龄比他大，俸禄比他多，而思想、作风还不如他，实在有愧。他便主动找李孝廉交谈，检讨自己的不对，李孝廉也为之感动不已。狄仁杰"代友远使"之举划开了两人之间的坚冰，他们和好如初，还常对人说："狄公之贤，北斗以南，一人而已。”

到了天授二年，狄仁杰的官职地位又提高了许多。有一次武则天问他：“当你在汝南时，办了许多好事，可是还有人告你。你想知道是谁告你吗？”狄仁杰赶忙说道：“我如果有什么过错，陛下给我指出来，我就改；如果陛下知道我没有错，这是我的福分，不管是谁告的，他们都是我的朋友、师长，我都会好好对待他们，请陛下千万不要告诉我这些事……”精明如武则天这样的人，也不得不佩服这位“奇男子”、“大丈夫”。

狄仁杰以自己点点滴滴的行动，唱着一支充满爱心、充满友谊的歌，走到了生命的终点。他“代友远使”的行动，不仅为郑崇质送出了一份爱心，使郑崇质为母亲尽了一份孝心，而且他的辐射作用如春风化雨融解过如蔺仁基、李孝廉等许多人之间的坚冰，从而博得了人们无比的尊重，世人以“功之莫大，人无以师”来高度评价这位贤人。

左光斗和史可法

左光斗、史可法，是晚明政坛上两颗璀璨的明星。他们高洁的人格、斐然的政绩、纯真的友谊，是后人景仰的典范。

左光斗，字遗直，桐城人，万历进士，授御史。明光宗死后，他与杨涟同心协力，排阉官，扶幼主，后为魏忠贤所害，与杨涟同死于狱中，追赠为太子少保，谥“忠毅”。史可法，字宪之，又号道邻，河南开封人，崇祯元年进士。李自成灭明后，他在南京拥立福王登基，二日后，被拜为礼部尚书兼东阁大学士，史称“史阁部”。

左光斗比史可法大许多岁，但他们之间建立起了忘年之交。他们的相识、相交、相约，有一段曲折的故事。还在左光斗担任学政期间，一天，北风刮得很紧，天上飘起了大雪，责任感特强的左光斗，还是冒着严寒去视察前来应试的考生们的情况。他带着几个随从，迎着飞雪，经过一天的奔波，已经感到很累了。这时，刚好走过一座古寺，他见环境幽雅，便想进里面去避一避风雪。

推开虚掩的寺门，只见左边走廊的小房间里，有个书生趴在桌上打瞌睡，桌上还放着几卷文稿。左光斗顺手拿起来看，只见那文稿字迹清秀，且文辞精彩，不禁暗暗赞赏。他放下文稿，正想转身出去，忽转念一想，外面正下大雪，天气寒冷，这书生穿得这么单薄，岂不着凉？但见他睡得那么香，又不忍心叫醒他，便毫不犹豫地把身上的那件貂皮披风解下来，轻轻地盖在那书生身上，然后退出门外，把门掩上。接着，他又把寺院里的和尚找来询问，才知道此人名叫史可法，是从河南来京城应考的生员，因为觉得寺院里安静，就在这里借住，每天早起晚睡，很是用功。左光斗是一个有心人，便把他的名字暗暗地记在心上了。

几天以后，考试结束，主考官左光斗坐在大堂上，审视着那群考生，当唱名到史可法时，一个面色黑黝、短小精悍、目光炯炯的青年站立在面前。左光斗一怔，心里在说：不错，果然是在庙里打瞌睡的书生。左光斗接过试卷看了看，当场就评史可法为县级考试第一名。史可法是何等的得意，这是他梦寐以求的理想。左光斗更是兴奋得难以形容，除了当场连连夸赞外，还鼓励他努力学习，把自己磨炼成一个对国家有用的人才。接着，左光斗又把史可法引入后堂参见自己的夫人，并说："我的几个儿子都是平庸之辈，将来能继承我志向的，一定是这个书生。"从此，史可法拜左光斗为师，他们之间的情谊，也随着时日的推移而加深、加牢。史可法家里很穷，左光斗就让他住进自己的府里，亲自指点他读书。有时处理完公务，他就走进史可法的房间里，兴高采烈地与他谈论学问，有时竟忘了睡觉。史可法在左光斗的严格要求和指导下，进步很快，后来考上了进士，还做过西安府的推官、户部主事、员外郎等。不管走到哪里，干哪行工作，他总是牢记左光斗的教导：上要对得起国家，下要对得起黎民百姓。

明光宗死后，左光斗与杨涟合作，力排阉党，扶幼主，一心一意想整顿朝纲，但明熹宗是一个昏庸透顶的人，他宠信宦官魏忠贤，让魏忠贤掌管东厂特务机构。魏忠贤凭借手中的特权，结党营私，卖官受贿，干尽了坏事。一些反对东林党的官员，都投靠到魏忠贤的门下，结成一伙，形成了历史上所谓的"阉党"。杨涟对阉党的胡作非为十分气愤，便大胆上了一份奏章，揭发魏忠贤二十四条罪状，左光斗也大力支持他。

这一来，可捅了马蜂窝，魏忠贤和他的阉党们勾结起来，诬说杨涟与左光斗是东林党人，罗织罪名，把他俩打入大牢，严刑逼供。史可法听到老师被捕以后受尽酷刑，急得团团转，不知怎么办才好，总想找个机会探监。阉党们把左光斗看管得十分严密，就是不让人进去探望。左光斗虽受尽了各种酷刑，始终不肯屈服。史可法听到老师快要被折磨死了，就不顾危险，用重金向狱卒苦苦哀求，只求见老师最后一面。

狱卒终于被史可法的诚意感动了，想法给他安排了一个机会。这天晚上，史可法换上一件破旧的短衣，扮成一个打扫垃圾的人，穿着草鞋，背上竹筐，手拿长铲，由狱卒带进了监狱。他走近一看，只见左光斗缩在墙角边，遍体是伤，血肉模糊，左腿的肌肉已经腐烂，露出了骨头，不禁一阵心痛，走近前去跪在左光斗面前，抱住他的腿，不断地啜泣。

左光斗虽然已无力睁开双眼，但从啜泣声中辨明是史可法来了。他吃力地抬起手，拨开眼皮，愤怒的眼光像喷火似的，压低嗓门，恶狠狠地骂道："蠢材，这是什么地方？你还来干什么？国家的事已经糟到这个地步，我已经完了，你还不顾死活跑进来，万一被他们发现，将来的事谁干？"

史可法还是抽泣着不愿走，左光斗狠狠地说："再不走，我就干脆收拾了你，免得奸贼动手。"说着，真的摸起身上的镣铐，作出要砸的样子。史可法不敢再执拗，只得忍住悲痛，从牢房里退了出来。这悲惨的诀别，在史可法的心灵上烙下了一道深痕。以后，不管遇到什么事，也不管在什么时候，想起这惨烈的一幕，他总是禁不住泪珠滚滚，连连叫喊道："我老师的心肠，真是铁石铸成的啊！"

史可法的性格和意志，又何尝不是铁石铸成的呢？作为一个效法左光斗的人，史可法的步履同样坚定有力，他的声音同样铿锵感人，他的事迹同样光照人间。

陈子方和闵仲达

史载京口（今江苏丹徒）的一个小山村里，有一对忠诚无间的朋友，他俩一个叫陈子方，一个叫闵仲达。还在很小的时候，两人就成了好伙伴。他俩一同上学，一同做功课，一同游玩，形影不离，就像亲兄弟一样，彼此之间更没有猜疑和嫉妒，是大家夸赞的好伙伴。

为了向仕途冲击，他俩在学舍里度过了几年艰苦的日子。这时的同窗之谊，仍然朴素无华，没任何雕琢和虚饰，唯有拳拳的同乡加同学之情。然而，随着年龄的增长，他俩的心事也多了起来，特别是闵仲达的潜意识里，萌发出要超越陈子方的念头。

公开的竞争，才是最公平的。朋友之间的公开竞争，是推动彼此进取向上的动力，也是无可非议的。但闵仲达却偏离了公开竞争的航道。当他俩走进考场的时候，出现了陈子方意想不到的结果。

按理说，考试是严格的，考试制度是公平的，应考者临场发挥得怎样，自然是录取的依据。然而，这时的闵仲达却开始了玩手腕、使心计的伎俩。本来按真实成绩，陈子方是优于闵仲达的，而他却落榜了。对于这一点，陈子方心里十分明白，但他没有后台，没有活动能力，只能忍气吞声。不过他没有气馁，他懂得失败者并不屈辱的道理。生命的荣耀，在于跌倒了还能爬起来。从苦难中磨炼自己，在奋斗中实现自我的理想，才是真正的强者。他决心把这次不公平的竞争，当作自我奋斗的动力，让青春书写无悔的人生。

朋友当官去了，他就一个人埋头读书。在陈子方的生活乐章里，没有失败的音符，也没有克服不了的困难，更没有消除不了的疑团。艰苦的磨炼，深入的探究，使他的书读得越来越精、越来越广了，人品也越来越好，具备了向上冲杀的本领。

3 年以后，他与另一位朋友相约赴京参加考试，他的成绩果然十分突出，受到京师达官贵人们的一致保荐。不久，他被派往浙江任职。早已供职于浙江的闵仲达，虽经过多年的经营，这时也才担任“掾宪”。当他听说陈子方获得了一份比自己高得多的职位时，心里很不是滋味。他拷问自己的良知，几许羞愧让他烧红了脸，觉得自己无脸再见故人。

“学问深，意气平”。陈子方在潜心做学问的日子里，也同时加强了自身的修养。他早已把那场不公平的竞争抛于脑后了，到任后不久，便去探望闵仲达，希望与旧友共叙家常，加深友情。然而，他登上闵仲达府第的时候，却遭到了拒绝。门卫以“主人有病，谢绝会客”为由，打发陈子方走了。这样反复几次以后，陈子方才明白，这是闵仲达找借口，是怕自己再提起从前的事。经过反复的思考之后，他决心以赤诚的心去化解闵仲达心头的疑虑。于是他再次去拜访闵仲达，并坦率地向门卫指出：老友远道来见，哪有拒之门外的道理；现在，朋友病了，更有理由探望病友，即使为他端汤拿药，也是应该的。说完，不由门卫分说，便撞了进去。

闵仲达由于心中有病，愧见老友，但事已至此，只好硬着头皮走了出来。陈子方见此，便坦率说出了自己的想法。他拉着闵仲达的手，一起回忆过去的岁月，并告诉闵仲达，他认为同窗好友是一生中最难得到的真情和缘分。曾经共度的读书时光，是生命里弥足珍贵的浪花，只能珍惜，决不能毁灭。因为那是用童心唱出的歌，用质朴绘成的画，用坦荡铺成的路，是心灵上开出的迎春花。尽管它有时不算健康，不算完美，那是稚嫩造成的，是坦然的流露，决不能因此冷淡往昔的感情……

疙瘩解开之后，这对老友重新握紧了手，儿时的欢乐又涌上了心头。两人相约道："现在我们同在杭州任职，彼此难免有疏忽的地方，我们应该彼此提携、约束，时刻提醒对方，牢牢把握好航向，这样，才算没有辜负往日的苦读，才算没有辜负往日的交情。"

从此，一有闲暇，他俩就相约出游，或漫步于长堤，或荡舟于湖上，诗酒酬答，其乐融融，往昔的芥蒂已经无影无踪了，而心灵之间搭起的宽容之桥，风光正好。

生死之交

后汉时，有一个人叫朱晖，他读太学期间，结识了朝廷重臣张堪，两人甚为投缘。

张堪对朱晖的才学和人品非常赏识，又恰好是同乡，有意提携他，被朱晖婉言谢绝了。但张堪一心把他当作知己，推心置腹地对朱晖说："你真是一个自持的人，值得信赖，我愿把身家与妻儿托付给你。"面对张堪把他当作生死之交的话语，朱晖心里非常感动，却只是恭敬地答道："岂敢，岂敢。"

朱、张二人挥手作别后，便失去联络，再没有碰面。后来，张堪死了，他为官清廉，死后也没有什么丰厚的遗产，家人的生活顿时变得窘迫起来。朱晖知道后，便全力接济张堪的家人。

朱晖的儿子不解："我们以前没有听说过你与张堪有什么深交，你为什么如此厚待他的家人？"朱晖说："张堪生前，曾对我有知己相托之言，我嘴上虽然未置可否，心中已经答应了。""既然你们互为知己，为何常年不见往来？"朱晖答道："当初他身居高位，并不需要我的帮助；如今他离去了，家人生活得很不好，才需要我这个朋友出面帮忙呀。”

后来，朱晖做到尚书令。他时常对儿子说：“你们不一定要学我如何做官，但不妨学我如何做人。”

10 岁女孩董玉培

初见董玉培的时候，怎么也想不到，这个瘦弱的10岁女孩，在地震中不仅自己逃生还救助两名低年级的学妹。还有些惊魂不定的董玉培在病房里向记者讲述了她勇救学妹的经历。

董玉培原本在四川省汶川县威师附小读书，3个月前转到映秀镇小学读四年级。地震那天，董玉培她们班正在二楼的教室上科学课，当时上课的老师是胡老师。课上到一半的时候，楼忽然抖动了起来，同学们还以为是有大型的货车经过，所幸正在上课的胡老师意识到了这是地震，赶紧冲同学们大喊：“地震！快跑出去，快！”董玉培和同学们这才慌乱起来，连忙向外跑。

当她跑到走廊的时候，楼房就坍塌了，董玉培随着走廊重重摔倒在地上。董玉培说起当时的情况，眼睛里充满了恐惧，她说当时摔下来的时候脑子一片空白，过了一会，当意识到自己还活着的时候，董玉培发现自己肚子边趴着一个同校二年级的女同学，该同学头部的鲜血染红了一大片废墟；同时，自己的左手边也躺着一个女同学。董玉培活动了一下四肢，发现右肩膀剧烈疼痛（后来医生检查是肩膀脱臼），其他的感觉很正常。董玉培连忙使劲推开自己身边的一些小水泥块，连滚带爬地从废墟里钻了出来。

出来后的董玉培发现往日那个熟悉的校园已经彻底地改变了模样，到处是废墟和喊救命的声音。董玉培这个时候发现刚才和自己压在一起的两个女孩子还没有出来，她又爬到自己刚才脱险的地方，压在自己左手边的那个女孩正在向外爬，但是双脚被卡在两个大水泥块之间，越使劲爬，卡得就越紧，她根本无法逃脱。一旁的董玉培看到了她的脚被卡的位置，她小心地将这个小女孩的脚从水泥的缝隙中抬高然后拿了出来，接着忍着剧痛用自己的左手将这个女孩子拖了出来，拖到安全地带。救出这个学妹之后，她又去摸了一下躺在自己肚子边的那个女孩，发现女孩子一动不动，头部流着鲜血，但是身上还有体温，于是她又奋力推开这个女孩身上的一些水泥块，将她也拖了出来。但是把这个女孩拖出来以后，董玉培就发现她已经没有呼吸了，身体也慢慢冷却并开始僵硬，这个女孩在这场地震中失去了生命。

说到这里的时候，董玉培又流泪了，她说自己转到这个学校上学还不到3个月，周围的老师同学还认不全就发生这样的意外，尤其是听说那个疾呼“同学们，快跑”的胡老师已经遇难，她实在太难受了！

董玉培的妈妈告诉记者，董玉培的头部受到了挤压导致额头和眼睛受伤，大腿的肌肉和右肩膀也有伤。值班的护士告诉记者，目前这个救人的小英雄伤情稳定，医生正在给她做进一步的检查治疗。

地震小英雄林浩

脸上，擦伤的痕迹依然很清晰；头顶上那块鸡蛋大小的疤，头发还没有长出来。眼前这个虎头虎脑的小男孩，就是救了两名同学的小英雄——林浩。

6月7日，在四川省资中县的一个村子，记者见到了正在和其他孩子玩耍的林浩。

9岁的林浩，是汶川县映秀镇中心小学二年级的学生。这几天，林浩爸爸带着他来到资中，看望身患重病的爷爷；而林浩的妈妈，还在映秀镇当志愿者，为受灾群众做饭。

学习成绩很好的林浩，一直是班上的班长。

地震发生的那一刻，班上正在上数学课。林浩刚跑到教学楼的走廊上，就被楼上跌下来的两名同学砸倒在地。

“那个同学压在我背上，我怎么都动不了。当时，垮下来的楼板下，有一个女同学在哭，我就告诉她，不要哭，我们一起唱歌吧，大家就开始唱歌，是老师教的《大中国》。唱完后，女同学就不哭了。后来，我使劲爬，使劲爬，终于爬出来了。”

逃出来的林浩，并没有跑开，而是去救还压在里面的同学。“爬出来后，我看到一个男同学压在下面，我就爬过去，使劲扯，把他扯了出来，然后交给校长，校长又把他交给他妈妈背走了。后来，我又爬回去，把一个昏倒在走廊上的女同学背出来，交给了校长，她也被父母背走了。”

说起自己救人时的情景，林浩显得很镇定，稚嫩的童声中，还带有几许乡音。

连续救了两个同学的林浩，再次跑进教学楼救人时，遇到垮塌的楼板，又被埋在了下面，“我使劲挣扎，后来，是老师把我拉出来的。”

说起自己身上的伤，林浩说：“我开始爬出来的时候，身上没伤，后来爬进去背他们的时候才受伤的。”

林浩所在的班级共有 32 名学生，在地震中有 10 多人顺利逃生。这其中，就包括林浩背出来的两个同学。

被问到为什么去救人时，林浩平静地说：“因为我是班长！如果其他同学都没有了，要你这个班长有什么用呢？”

林浩的父母一直在外打工，林浩和外公外婆住在一起。小小年纪，林浩会做很多家务，还会做饭。

父亲林大坤告诉记者，因为是班长，林浩一直管着教室的钥匙。每天早上 6 点，闹钟一响，他会准时起床，自己炒碗蛋炒饭吃，然后走半个小时山路去上学，“他从来不迟到，说要是迟到了，同学们都会在外面等”。

救完同学后，林浩一直没找到自己的父母，直到 5 月 21 日，才和在汶川县草坡乡打工的父母联系上。

在映秀留守了两天后，表妹和两个姐姐找到了他，姐弟几个与映秀镇的群众一块，开始往都江堰转移，“我们走了 7 个小时，走的全部是桥下面的小路，路上只歇了一会儿，一直都在走”。

从都江堰被安排到成都后，林浩和其他同学一起，被安置在四川儿童活动中心。知道了林浩的事迹后，那里的人都叫他“小班长”。

中心的老师告诉记者，刚到中心时，林浩被送到成都市儿童医院进行检查，所幸只是额头和右手有些擦伤。检查完后，林浩不用救助站老师帮忙，自己翻身从床上爬起来，迅速穿好衣服，走出了医院。“真不敢相信，就那样一个小娃娃，居然比很多大人还坚强。”很多人都这么说。

在儿童中心的几天，林浩生活得很好。志愿者叔叔每天都会用热毛巾为他热敷受伤的部位，还交了很多新朋友，“我们每天都一起上课，我最喜欢上体育课，可以学跆拳道；我还很喜欢白老师，他是个志愿者”。

“六一”儿童节，林浩和另外几名灾区小朋友一起，到北京参加了儿童节活动，还参观了奥运场馆。第一次离开大山的林浩，觉得一切都很新奇。

林浩告诉记者，地震后，他就没见过班上的同学，“我很想他们，很想上学。以后，我要当工程师，要造震不垮的房子”。

肚皮的力量

一个15岁的孩子有多大的力量？

一个在地震中受伤的15岁孩子能做什么？

“我把她藏在我的肚子下面。”“我使劲掐他，我们还一起唱《团结就是力量》。”甯加驰说。

甯加驰，都江堰聚源中学初三（2）班的学生，15岁。2008年5月12日下午2时28分，汶川大地震中，甯加驰被掩埋在坍塌的教学楼废墟里，埋在他身边的还有一男一女两位同学……

那天下午，甯加驰和同学们正在上物理课。他们的教室在二楼。突然，一阵轰隆轰隆的声音从脚底传来，教室开始左摇右晃，还没来得及多做什么，甯加驰和大部分同学就被坍塌的教学楼掩埋了。

“我要活！”甯加驰被掩埋在废墟里，双膝跪在地上，左手被死死地压着，丝毫不能动弹，头也不知道被什么东西紧紧压住，无法呼吸。在离他3米远的地方，一堆相互架起的预制板之间露出了一个可容一人出入的洞。出于求生的本能，甯加驰不停地扭动脖子，左脸擦破一块皮以后，他终于将头侧了过来，鼻子可以自由呼吸空气了。

还来不及平静一下，一个惊恐的声音从甯加驰右边传来。“甯加驰，救救我。”说话的是甯加驰的同班同学曾婧。自己都动弹不得了，还怎么救同学呢？“那你到我肚皮底下来嘛。”想不出更好的办法，甯加驰伸出能活动的右手，帮助曾婧一点一点移动过来，躺在自己蜷起的膝盖和肚子之间的空隙里，希望这样能给她一点力量，“我摸到她的头发，全部都是湿的，可能头受伤了，全部都是血”。

5个小时以后，5月12日晚上7时许，甯加驰被人从废墟下救了出来。“我给她爸爸说，曾婧就在我肚皮底下藏着的，没得事。”甯加驰说，在他被救出来之前，曾婧就已经被救了出来，送往了医院，她还听到曾婧对她爸爸说，自己的脸被擦花了。她是活着被救出来的。

“先是听到周围有人在叫，像牛叫一样。祝祥也叫了一下。”刚被掩埋时，甯加驰的头靠在一个男同学的屁股上，这个男同学就是祝祥。其身体的上半部分被压住，动弹不得，但是还能和甯加驰说话。

为了忘记身体的疼痛和减少心里的恐惧，甯加驰和祝祥开始有一句没一句地聊起来。聊着聊着，祝祥逐渐迷糊起来，声音越来越低，最后竟毫无声息了。这是一个不好的预兆，怎么能让祝祥保持清醒呢？甯加驰急中生智，赶紧掐了祝祥一把，祝祥有点反应了。得到鼓舞的甯加驰一边一下接一下地掐着祝祥，一边喊着祝祥的名字，直到祝祥再次开口说话。

“我就给他说，我给你唱歌嘛。”甯加驰说，他本来就很喜欢唱歌，当时脑子里灵光一闪，就唱开了，一首接一首地唱下去，既给自己壮胆，同时又可以刺激祝祥，让他保持清醒。后来，甯加驰的歌声不能再让祝祥保持清醒了，他又一点一点地迷糊起来。“他一有点晕了，我就开始掐他，最怕他晕了。”甯加驰说，祝祥再次醒来时，他就让祝祥和自己一起唱歌，一遍一遍地唱，翻来覆去地唱，唱的最多的就是《团结就是力量》。“我们是同学嘛，想大家都活着。”

祝祥也是先甯加驰一步被救出废墟的，送往了郫县的医院救治。

7 天了，从地震现场被救出来已经 7 天了，甯加驰的病情逐渐好转，也逐渐接受了同学、老师遇难的事实。现在，甯加驰有两桩未了的心愿——考进都江堰中学读高中，继续打篮球。

“他喜欢读书，成绩一直是班上的前十名。老师说，他考都江堰中学没得问题。”看着病床上的儿子，张洪英说。地震前的一次月考，甯加驰考了 500 多分，不出意外的话，实现理想完全没有问题。至于甯加驰的另一个愿望，张洪英说，从小到大，甯加驰就是班上的体育委员，体育考试从来都是满分，篮球更是他的最爱，昨天，他的一个老师来看他，他还在喊老师约几个人一起打篮球。

至于甯加驰的手能否完全恢复，还要看进一步的治疗效果。不过，一个可以战胜对地震的恐惧实施自救、再救人的小伙子，一个对前途有着明确规划的小伙子，一个对生命极度热爱的小伙子，有什么困难是他不能战胜的呢？

19日下午4时许，在辗转寻找了6个小时以后，记者在西区医院找到了曾婧。小姑娘的左脸受伤，伤口一直从额头延伸到下颌，伤口处布满了密密麻麻的缝合线，看得人心惊。另外，她的胸部和脚部也多处受伤，尤其是胸部的伤比较严重，导致她现在都不能平躺着休息。

听说记者曾见到甯加驰，曾婧的眼睛一下子蒙上了雾气，不停地问着甯加驰的状况。“我想去看他。”曾婧说，地震后，她、甯加驰、祝祥三个人，已经不仅仅是同学了，更是生死之交。不过，由于伤势影响，甯加驰和曾婧现在都不能出院，两人见面的愿望暂时还不能实现。庆幸的是，记者的相机里存有甯加驰在医院的照片，如果两个人看着照片，打个电话，这也相当于见面了，不是吗？

“你好吗？”“你怎么样？”不约而同，劫后余生的第一句对话，甯加驰和曾婧都是问对方的现状。“你遭埋了，还在唱歌。”曾婧开始在电话里打趣，电话那头传来一个略带羞涩的笑声，曾婧的脸上也露出了难得一见的笑容。“听说我们班的同学被救出来22个。”曾婧在电话里说，她希望在所有这些幸存的同学都出院以后能组织一次聚会，这将是一次经历过生死的聚会，她希望所有活着的初三（2）班同学都不缺席，“我想，这个聚会上，我们见面的第一件事就是哭，相拥而泣”。

友 谊

小东、小南、小西、小北4个女孩是好朋友。从初中到高中，从高中到大学，4个好朋友形影不离，不管缺了谁就像一只漂亮的碗缺了个口子一样地不完美。十几年的时间不但为她们储蓄了丰富的知识，也为她们储蓄了深厚的感情。彼此关怀，彼此信任，彼此倾诉。生活就像一张美丽的大网，而4个女孩就在美丽的大网里编织着精彩的人生。

转眼大学毕业在即，眼看就要各奔东西，女孩们恋恋不舍，可天下无不散之宴席，十几年同窗终须一别。到了临别的那天晚上，4个女孩决定每人写上一句祝愿的话，放在一个罐子里，埋在她们经常去学习、玩耍的那棵大树底下，等到以后4个人聚在一起的时候，再把它挖出来看看那些祝愿是否成真。罐子埋好以后，怕被别人发现，女孩们又在上面铺了一层树叶，而后 4 个人抱头痛哭了一场。

光阴似箭，一晃 8 年过去了。女孩们都已为人妻、为人母，同时也在各自的公司中担任着重要的角色。在这 8 年中，她们从没见过面。也许是生活的压力太大、工作的竞争太激烈，时间对她们来说变得尤其宝贵。在紧张忙碌的生活中，友谊渐渐地被忽略，大树底下的祝愿也越来越模糊。

一次意外的机会却又让 4 个女孩碰到了一起。一位海外华侨要回国内投资，准备在自己的母校召开一个竞选会，届时将会在其中挑选一个公司作为投资对象。

小东、小南、小西、小北同时接到了这个消息，她们都对自己充满了信心，况且华侨的母校正是她们的母校。4 个人带着自信与难以抑制的兴奋踏上了去母校的路。

4 个人没想到再次相逢竟是这样尴尬的局面，一下子有些无所适从。但眼看着离竞选会的日子越来越近，她们也顾不得重拾母校的风采与昔日的友谊，各自忙着准备材料。她们的认真、仔细、真诚也着实给华侨留下了美好的印象。可是投资的对象只有一个呀，4 个人都陷入了极度的烦恼之中。

在竞选前一天的晚上，她们又聚到了一起。四人沉默不语。本来都想让其他 3 人把机会留给自己，可到了一起却怎么也说不出口了。最后还是小南提议说：还记得当年那棵大树下的祝愿吗？不如我们先打开看看吧。大伙都同意。于是趁着皎洁的月色，她们又来到了那棵大树下，大树依旧。4 个人一起动手把罐子挖了出来，打开，又把一张张纸条打开。4 个人都震惊了，因为每张纸条上写着的竟是同一句话：“愿我们的友谊天长地久。”那一夜，4 个人又抱在一起痛哭了一场。

半年以后，小东、小南、小西、小北 4 个好朋友各自辞了职，成立了一家东南西北联合公司，这家公司正是那位海外华侨投资的。

糖罐的秘密

上高中时，我们学校坐落在清江边上的一个小村子里。宁静的村落三面临水，四季风景如画，如同古人笔下的世外桃源。但也极其偏僻闭塞，周围疏疏落落全是民居，连买一根针也非要上10里外的小镇不可。

这可苦了我们这群高三的可怜虫们。读书实在太耗心智了，以致整天唯一的感觉就是饿，连睡梦中都是各种各样令人垂涎的好吃的东西。不知是谁冰雪聪明，带来一罐糖来，是那种黄亮如金、细软如沙的黄砂糖。

于是，寝室里便流行罐装的黄砂糖。12个糖罐，恰似我们12个女孩子，亲亲热热地排成一排。临睡前，美滋滋地喝上一杯热腾腾的糖水，月儿便甜甜地照进梦乡。

唯独秦霜是不大喝糖水的。因此她那个青瓷陶罐里的糖比起我们的总是又多又满。每晚，当我们一边啜着糖水，一边叽叽喳喳地品头论足，或嘀嘀咕咕地发着牢骚，或嘻嘻哈哈地相互取笑时，秦霜总是在灯下读着她那本似乎永远也读不完的小说。问她为什么不喝，她说："坏牙齿！"

后来有人跟我咬耳朵，说秦霜的糖罐根本只是做做样子罢了。她自幼父母双亡，跟着年迈的外婆一起过活，学费都交不齐，哪还有闲钱买糖吃？她那一罐糖，吃了再没添的，又怕人瞧不起，就胡说什么坏牙齿的鬼话！我听了只觉心头一紧，说不出的悲凉。

一次下课间操，口渴了，我匆匆忙忙回寝室找水喝。经过寝室门前的花坛时，不经意地向寝室的窗户一瞥，却见秦霜正狼吞虎咽地吃什么东西，不由一惊。细细看，竟是在吃糖呢！她挨次从每个糖罐里舀上一大勺，大口大口地往嘴里塞。

我看得目瞪口呆。可不知怎的，慢慢地，所有的惊讶、愤怒、鄙夷都渐渐散去，两行温热的泪却无声无息地淌下来，滴落在那暗香袭人的花丛中。我悄悄地离开了那扇窗户，贼一样地潜回教室。

晚饭后，待寝室人走得一个不剩，我一跃而起，飞快地闩上门，拉上窗帘，一把抱起我的糖罐，先给另外的几个逐一补上一大勺糖，然后，将剩下的通通倒进那个青瓷糖罐。又从箱子里抽出一袋糖，倒入自己的空罐儿。胆战心惊地忙完这一切，我狂跳不止的心才慢慢平静下来。

前不久，我收到了一封寄自深圳的信，信是这样写的——

"晓琴：

你一定还记得那个糖罐儿吧，那是我外婆的嫁妆，据说还是宫廷里的东西。现在，居然有人愿出5万元买它呢！我舍不得出手，因为你倒进去的糖，远远不止这个数儿。"

那个偷糖吃的女孩儿，她其实觉察到了花丛中的那双眼睛——那双世界上最纯最美的眼睛。因为它的注视，那个差点成为小偷的女孩，在后来充满苦难的岁月里，却再也没有妄动过。

不用说，这封信是我多年的挚友——现任深圳的一家电脑公司执行总经理的秦霜寄来的。

一辈子的朋友

几米说："生命中不断有人离开或进入。于是，看见的，看不见了；记住的，遗忘了。生命中不断地有得到和失落。于是，看不见的，看见了；遗忘的，记住了。"

我已经不记得那些在我的生命中出现又离开的人了。他们曾经因为某种关系和我认识，有过快乐或不愉快的回忆，我们因为需要彼此联系在一起，后来因为不需要而告别。

时光流逝了，身边的朋友越来越少，现在留在我身边的人，也无非是那几个朋友。也许，朋友真的不在于数量，而在于能分担彼此的不快乐，在你难过时陪在你身边，哪怕什么话也不说，只要看到对方眼睛里的关心，就知道她是懂你的，就觉得是温暖的。这就够了。

琳是我的大学同学，当她第一次出现在我的视线里时，我开始相信"一见钟情"了，我认定了她是我这一辈子的朋友，4 年的友谊、4 年的感情也证明了我的结论是正确的。

闲暇时光，我开始回忆我们 4 年的点点滴滴。

我们在军训的第一天相识，之后，毫不夸张地说，我们吃喝拉撒都在一起了。她比我小两岁，我总是把她当作妹妹一样地照顾，有时候我开玩笑地问她："我们上辈子是不是真的是姐妹？"她很幽默地回答我："那我们回去问问自己的父母吧！"

军训完毕，我们没有被分在一个宿舍，我们用尽了各种办法，依旧没有协调好，但这并不妨碍我们两个人一起上学、提水、吃饭、逛街。

她总是很喜欢我买的每一件衣服，只要她喜欢，我都会借她穿几天。她总是穿着可爱装，于是我开始培养她走"女人路线"，从衣服到高跟鞋。

没想到她接受速度还比较快，现在穿着高跟鞋走起路来比我还溜，我都甘拜下风了。

我谈恋爱了，她替我高兴，为我祝福；我失恋了，她陪着我一起哭。有了这样的朋友，我还奢求什么呢？

大三的时候，我和男朋友分手了，男朋友威胁我不让我回宿舍，我坐在校园里歇斯底里地哭着，是她，帮我摆平了一切，把我送回宿舍，陪我哭着，劝了我一整夜。第二天，两个熊猫眼出现在了校园里。

无论何时何地，我们都惦记着对方，即使一个苹果，我们也想着要给对方吃。

有一年，流行织围巾，我挑了她喜欢的颜色，为她织了围巾。当我把围巾给她时，她抱着我说："潇雨，你知道吗？这是我这一生收到的最好的礼物，我们宿舍的都在给男朋友织围巾，却谁也没有想起来给我织一条。她们都对我说，你这个朋友要交定了，因为你总是替对方考虑，细心的观察朋友缺什么，因为你总是把朋友放在第一位。"我擦着她的眼泪，笑了。

我总是一而再、再而三地忍让着我的男朋友，她却总是比我还气愤，说我太傻、太善良。其实以前的我并不是这样的，只是我学会了"退一步海阔天空、忍一时风平浪静"。

20 岁的生日，她送了我一只夜光烛，她说要让这只夜光烛照亮我的人生。

22 岁的生日，她送了我一套化妆品，让我开始打扮我的美丽人生，她说我用的第一套化妆品一定要是她送的。事实也是如此。

我们曾经为了她的工作而争吵不休。我要她回家当舒适的公务员，而她却喜欢在外奔波。她对我说："潇雨，我觉得我们还年轻，应该有梦想，应该自己去闯一闯，有一天老了就再也闯不动了，现在闯了至少不会给以后留下遗憾。现在苦是苦点、累是累点，但我喜欢，因为这样的生活让我感到很充实、很开心、很快乐！"于是，我尊重了她的想法。

虽然她上班了，却总是不懂得打扮自己，大冬天的穿着职业装、露着脖子，也不知道冷，我买了一条丝巾送给她，至少可以让她温暖一下。我知道一条丝巾并不值多少钱，但她一定会喜欢的，友谊不是靠金钱来衡量的。

人总是为了爱情而感动，很少为了友谊而感动。看了郭敬明的《梦里花落知多少》，我喜欢书中的每一个人物，更喜欢闻婧和林岚，欣赏闻婧为了林岚可以牺牲自己的一切的精神，我在想，如果我是闻婧，琳是林岚，我也一定会的。我发短信告诉琳，我看这本书哭了，她说她也哭了。我告诉她，我喜欢书中微微对林岚说的一句话，也希望她能永远记住那句话：朋友总是为你遮风挡雪，如果你在很远的地方承受着风霜，而我无能为力，我也会祈祷，让那些风雪，降临在我的身上。

既然做了朋友，那就做一辈子的朋友吧！琳，如果有来世，我们还做朋友，不，应该是姐妹。曾经看到过这样一段话：千年之前我是你弹断的那根琴弦。穿越时空，我带着你手指的余温转世与你相遇。没有奢华片段只求平凡温暖。在流逝的年华中我知道我们的友谊比永远多一天！琳，你相信吗？

我的生命中仍然有人离开或进入，可是我已经知道留住该留住的，放开那些不想要的。

你是我的左耳

（一）

上高一时，我第一次见到阿艺是在我们学校文化艺术节的舞台上，他唱了一首陶喆的《寂寞的季节》。原本是一首安安静静的歌曲，但在开场时他却加上了一段极不协调的机械舞，我在后台真不知道说什么好。而且，他唱了没两句就开始跑调，要知道，我的节目就在他之后，我要唱的是潘玮柏的一首快歌。他把慢歌折腾成了快歌，我是不是也要把快歌演绎成“蜗牛爬”？我实在对他没什么好感。

那天晚上，我在校门口等一起回家的同学，阿艺从车棚里骑车过来，拍了一下我的肩膀，笑着打招呼说：“你的歌唱得不错，就是动作太僵硬了。”说完，他飞快地蹬着车子闪人了。

嗯？这话从何而来？我立刻骑上车子去追他。在街角，我用车子截住他问：“你的话什么意思？”“就是说，你的歌和身体动作不协调……”他扬着脸说。原来，他第一次见我，也是十分不顺眼。

平常就喜欢唱歌的我，歌声是没什么问题的，但据他所说，我的动作十分招人厌，至少招他讨厌——当时，我右手插在屁兜儿里，左手不停地在胸前打着节奏，小拇指上还戴着一个闪闪的尾戒。

两人互“夸”了半天之后，我们勉强下了一个让彼此都可以接受而且很给自己长脸的结论：都怪那时太青涩。

我们就这样“不打不相识”，打破了彼此间的陌生。之后，每次在学校遇到，我们就会打个招呼。慢慢地，两人的话也越来越多，后来就演变成一起回家，成了朋友。

所以说，造化弄人，或者用更流行点的话讲，缘分到了，拦都拦不住。

（二）

高考前夕，大家的神经绷得很紧，几近崩溃，所有的人都像是一只被压抑许久的狮子，随时都会爆发。我当然也不例外。那段时间，我就像是吃了火药一样，因为一点小事都会和阿艺翻脸吵架。我们的兄弟情受到前所未有的考验。

有一次，我模拟成绩十分不理想，莫名其妙就将一股怨气撒到了他身上。我本以为矛盾升级在所难免，可是没想到，我得到的是一个轻松的微笑。

他只淡淡地说了一句：“现在心情好点了吗？我们去喝点东西吧。”

他的反应让我感到很意外，一时之间不知该怎么办。

他说：“每个人在这个时候都是有很大压力的，这点你我都知道。今天我没有和你一样发火，不是因为我对你的莫名其妙不生气，而是因为我知道你没考好，压力一定比我大，我怎么能给你雪上加霜呢？”

这样一席话，真的让我无地自容。但我没有收敛，终于在随后的一天惹毛了阿艺。

那天，阿艺和我说，他在学校和老师吵起来了。还没等他说完，我就对他说：“你怎么能和老师吵架呢？这样是非常不好的……”阿艺起初什么话都没有说，但最后终于忍无可忍，他对我说：“明明是老师的误会造成的问题！”我慢慢听他把事情说完，才知道刚才责怪他是多么愚蠢。阿艺对我说：“我希望得到的是你的理解。”一句话说得我心里那叫一个不是滋味儿。打这之后，我学会了做一个倾听者。

一次吃饭时，阿艺对我说：“最近很少听你喋喋不休地发表你的‘正义言论’了。”“因为我现在知道了，人与人之间做一个倾听者是首要的，学会倾听才能让彼此更加亲近，我也不想因为我的臭毛病弄得咱俩不开心啊。”我笑着说。

不可否认，我是一个脾气暴躁的人，生活中遇到不顺心的事情，总是不分时间、地点地乱“咬”人。但是，阿艺每次都能理解我，在我变身为“疯狗”的时候，送上一支镇静剂。

有这样的兄弟，真的会让人感觉到生活的乐趣。或者说，认识他是我三生有幸。

（三）

世界上没有完美的人，阿艺有时候也让人十分头疼。他对于生活中的很多小事总是很不在意，加上他本身又是一个慢性子，有时候真的会让人火冒三丈，甚至有些抓狂。

有一次，我们约好一起去郊游。前一天，两人在电话里兴致勃勃地讨论第二天的出行计划，然后道晚安。

第二天早晨5点，我按照约好的时间到达见面的地点，等了半个多小时都不见阿艺，打手机也只有一个甜美的女声温柔地说“您拨打的电话已关机”，大清早的我又不好意思往他家里打电话，只好不停地来回踱步，心中不由地升起一丝不悦。

等到我远远看到一个人影跑来的时候，已经是一个小时以后的事了。我实在是无法理解这样的行为，因为这样的事已经不是一两次了。在他的一再道歉下，我们虽然还是按照原本的计划去游玩，但一路上大家并没有预期的那么开心。

不过，经历了这次不愉快之后，阿艺开始改变自己。虽然偶尔的迟到还是让人很恼火，但是从一个小时到半个小时，从10分钟到5分钟，最后准时甚至提前到达，这样的变化让人十分欣慰。当我问及他时，他只说：“我不想因为我的磨蹭让彼此不愉快，所以必须改变自己。”

那个夏天我们无比放纵，因为我们大学毕业了。酒瓶空了无数，年轻是不需要理由的，更何况告别。阿艺义无反顾地去了西安，那个他眼中梦一般的城市，如他所说，出去是为了更好地归来。既然如此，我做了一个守望者，在这片热爱的土地上守望。

（四）

如今，虽然我们在不同的城市生活，但很多时候，遇到困难都会打电话给对方，送上一句问候，询问彼此的境况，讲述自己的烦恼和困惑，在对方那里寻求帮助和理解。虽然一年都没有什么见面的机会，但是我们却觉得彼此的联系变得更加紧密。

每到过年的时候，我都会去车站接他。然后，一起喝酒，吹牛……像以前一样，当傻傻的我跑去付钱的时候，老板笑嘻嘻地说："你的兄弟已经付过了。"

接着，我们跑到大学里去踢球。踢上一整天，骨头都快散了，可是很开心。每次踢球，我们都当作节日般乘兴而去，尽兴而归。球破了一个又一个，球鞋坏了一双又一双，日子过了一天又一天，唯一不变的，是我们的兄弟情。

以前，我一直都把阿艺当成需要我照顾的小男孩看，但现在，他有了自己的思想，自己的价值观；以前，都是我在告诉他做人的学问，在他面前一副兄长的样子，但是今天，我要谢谢他，告诉他我在他身上也学到了很多。"因为有了你，我学会了宽容、放下了倔强，学会了倾听、放下了自负，学会了忍耐、放下了傲慢。谢谢你的提醒，你的忍耐，还有你的理解。"

好兄弟，人生的路还很长，未来的路上，我们一起加油！

丁香树下

又到中秋节了，望着一轮圆月，忽然就想起我当兵时每到中秋给阿芳寄月饼的往事。阿芳，我的童年伙伴，一个我记忆深处的疼痛。

阿芳家的院里有棵丁香树，丁香树下经常坐着一帮小丫头，其中那个最厉害的小丫头便是我，而最漂亮的小丫头是阿芳。丁香树下写满了我们的故事，丁香树下记载着我们的童年生活。

难忘阿芳不仅是因为她漂亮，还为着她的仗义。

阿芳是个腼腆的女孩儿，个头和我一样高，浓密的头发带着点儿自然卷，两支乌黑的小辫子松散地垂在肩头。阿芳是个纤秀的小女孩，身子骨看着有点单薄。她五官端正，高鼻梁、大眼睛配着典型的瓜子脸，笑起来甜甜的，露出两个酒窝。阿芳脸上的每一部分都很有特色，单看顺眼，组合在一起也舒服，就是人们说的“受看”。除了脸蛋标致，阿芳举手投足端庄文静，神态招人喜爱。

阿芳是个山东妞，她父亲随部队进城后，从老家接来了她的母亲，后来又有了她和弟弟。阿芳的母亲是位很漂亮的山东女人，只是一口浓浓的山东话让我们接受不了。当我们在胡同里玩耍时，遇见阿芳的母亲，总是学着她那浓浓的卷舌音喊上一句：“阿芳，七饭了。”

“兰兰，你就顽皮吧。”阿芳的母亲总是一笑了之，她的好脾气谁也比不上。

我们的童年是在“文化大革命”的喧嚣中度过的。

“文革”开始后，一夜之间胡同里的很多家庭都成了被专政的对象，大字报铺天盖地贴到了每个院子的门口，每天都有新的被揪出的“人物”。对身边发生的一切，我们很好奇，大家聚在一起总是交换着社会上流传的各种小道消息。

一天下午，阿芳正在我家玩，外面传来一阵口号声，邻居黄阿姨大惊失色地跑进来。

“孩子，快，快躲躲，批斗你妈的人来了！”她气喘吁吁地对我说。

屋里顿时安静了下来。

“什么，批斗我妈？”我一头雾水，不知是怎么回事，想当初，我也是根红苗正的红小兵啊！

窗外由远而近传来一阵口号声，那一阵儿，口号声司空见惯，每天要响上几轮，听得多了早已麻木。但当这口号声、汽车声夹杂着敲锣声在我家窗外响起时，我还是十分吃惊，脸涨得通红不知所措，妹妹则被吓得脸色苍白。

“快躲躲吧。”阿芳很冷静，她轻轻地拉着我和妹妹的手走了出来。

大门外，卡车上的人正在往地下跳，还有人往墙上刷着大字报，有人在旁边不紧不慢地敲着锣，似乎在招揽人群，没有人注意到我们。我看见远处妈妈脖子上挂着大牌子被人推着走了过来，我的心“怦怦”地跳，眼泪夺眶而出，脚下迈不动步子，阿芳一把拉过我们，急忙向院子的后门奔去。

打开后门，长长的胡同里空无一人，我和妹妹一溜小跑。穿过胡同，来到对面的马路上，我们在一个没人注意的便道边坐了下来，恐惧、紧张、焦虑、难堪，像打破了五味瓶，种种滋味一齐涌上心头。我惦记着独自在家的姥姥，惦记着被批斗的妈妈，大脑里一片空白。

一轮弯月悄悄挂到天边，路灯亮了，街上的行人渐渐少了。不知什么时候起了风，风低声吼着，卷起街上破碎的纸屑和枯干的树叶疯狂地转着圈，我一阵阵眩晕，搂着妹妹闭上了眼睛。

阿芳不知什么时候悄悄地来到我们的身边："那些人走了，你们回家吧。"她轻轻地摇晃着我。

我感激地向她点点头，拉起妹妹向胡同深处走去。

从那天起，我加入了另类的行列，灰溜溜地度日如年，一夜之间胡同里的孩子们与我们有了分水岭。

院门前的大字报贴了一茬又一茬，这惹眼的大字报，时不时还招来一些造反队的散兵游勇，他们闯进屋内乱翻一通。父辈的军用水壶、毛毯、挎包，只要是沾了绿色的物品，统统被他们扫荡到了自己的包内。

家里早就不是安全的港湾了，我和阿芳经常在丁香树下说点悄悄话。夏日的知了在独唱，这悦耳的蝉鸣带给我们心灵上的安宁，丁香树茂密的树枝给予我们阵阵清凉，沁人心脾的芳香让我们久久地坐在树下不愿散去。

童年是美好的，但记忆中的这一页是灰暗的，只有阿芳的友谊温暖着我，在我精神遭受打击的时候，她给了我最大的安慰。

只这一次考验，我和阿芳便成了最要好的朋友。

几天没见阿芳了，那天从她家院前经过，推开大门，整个院子静悄悄的，只有丁香树散发出浓浓的香味，我径直来到阿芳家。

撩开门帘，一位铁将军把着大门。真奇怪，阿芳哪儿去了呢？

我后来才知道是阿芳的父亲去世了。

阿芳的父亲身材很魁梧，原来是首长的炊事员，进城后在机关食堂做饭。他是那种不善言辞的人，上班闷头干活，下班一心建设小家，是阿芳家的后勤部长兼大总管。每次去找阿芳玩耍，他总是热情地招呼过我们后马上就去忙家务。

阿芳父亲的做饭手艺极佳，尤其有一手做面食的绝活。在阿芳家，眼看着阿芳的父亲将一块面三揉两揉就扔到蒸锅里，像玩儿一样不费劲儿，片刻工夫热气腾腾的馒头就做好了，满屋的香气令我们垂涎欲滴。这时，阿芳父亲便给我们每人掰上一块，我们坐在她家的大床沿上，荡着腿，津津有味地吃起来。

阿芳的父亲是在下班的路上被一个骑车的愣头小伙撞死的。那个愣头青一下子就把她爸撞下自行车，摔在便道上，当时就不省人事了。路人帮忙将阿芳的父亲送到医院，可再也没有醒过来，就这样他扔下阿芳一家去了。

阿芳似乎一夜之间长大了，无忧无虑的童年从那时起画上了句号。

当儿时伙伴相继走上工作岗位后，阿芳却因患哮喘病留在了街道待业，生活的窘迫和疾病的折磨使阿芳的脸色没有了红润，焦急等待工作的心情更是难挨，那些日子阿芳的脸上写满了憔悴。

几经周折阿芳才找到工作，是在一家大型机器制造厂当学徒工，然而上班不到两年，阿芳的母亲便患了癌症，不久也撒手人寰。

父母相继去世在阿芳心头留下了抹不掉的阴影，阿芳变得郁郁寡欢。她有时在烈日下一声不吭地站一个下午，有时不知想起了什么便站在院子里号啕大哭，还有时她坐在房门口一言不发默默地流泪。对父母的思念，对今后生活的担忧时时折磨着阿芳那颗脆弱的心。

几年工夫，原本善解人意、聪明漂亮的阿芳像是换了一个人。她居住的小屋家徒四壁，睡的单人床上铺了一层薄薄的棉花，棉花上只铺个布单，灰暗的布纹已经看不出原来的花色。

阿芳不仅精神发生了很大的变化，身体也每况愈下，每到季节交替，都是她最难过的时候，骤冷骤热都会使哮喘加重，剧烈的咳嗽使她彻夜难眠，她终日生活在与疾病和贫困的抗争中。

再以后，我参军去了武汉。每次回家探亲，我都会先去看阿芳。

还是那幽静的胡同，还是那整齐的院落，推开门就能看到她家院里那棵茂盛的丁香树，庭院依旧，芬芳依然，一切都没有变。

只有阿芳变了，她弱不禁风，一双深陷的大眼睛早没了往日的风采，头发凌乱地耷拉在眼前。见此情景我心中阵阵抽搐，深为童年时的好友现在的处境悲哀和难过。

从她家出来，我去买了布和棉花，请我同学的母亲给阿芳做一件新棉袄。同学的母亲当时正患心脏病在家休养，听我讲了阿芳的情况后，她很同情这个没有父母的孩子，针针线线缝进了她慈母般的爱，很快做好了一件棉衣。给阿芳送棉衣时，我告诉她，这个世界上除了父母的爱，还有其他人的真情。

临回部队前，阿芳将我送到大门口，我和她在丁香树下约定，一定要好好养病，战胜困难，等着我们再次相见。

后来，每到中秋节，我就从部队给阿芳寄月饼。那时武汉的月饼特别甜，我想告诉阿芳，我一直都在惦记着她。

然而，我再也没有见到阿芳。等我再次探亲回家时，阿芳已经去世了。

童年伙伴告诉我，阿芳后来又添了新病——忧郁型精神病。她常常整天一句话也不说，呆呆地、静静地坐着，不吃不喝，心里装满了忧愁，生活的艰辛和疾病的折磨压得她一病不起。

站在阿芳家的院子里，望着生机盎然的丁香树，我感慨万千。丁香树春也昂昂秋也冉冉，已有几十年树龄却依然枝繁叶茂。看见丁香树，我便想起当年树下的童年伙伴，想起阿芳银铃般的笑声和那纯真的友情。

上帝的小鸭子

我的女士，我只是路过顺便向你问声好

三年如一日。

2006 年初夏这一天，爱德华·霍克本惯常地坐在公园的那条长椅上。夕阳的余晖疲惫地照在茂盛的草地上，霍克本发现长椅的另一头多了一个小小的身影。让他惊奇的是，那个影子看起来比他更孤独。那是一个看上去不到 10 岁的东方女孩，苍白、瘦弱。在炎炎夏日，她却把自己裹在严实的衣服里。

霍克本被一种久违的温情牵动，在他模糊的记忆中，他的儿子也曾经这样脆弱过。他清了清嗓子："你要不要打秋千？我可以从后面推你。"

小女孩慌乱地抬起头。老人试图靠她近些，可还没等霍克本落稳身体，她已经逃遁而去。

第二天，他们又在同一个地方、同一张椅子上相遇，女孩还是与昨天同样的装束。这一次老人拿出了口袋里的手帕，自顾自地叠成一只"香蕉"，然后煞有介事地"吃"了起来。女孩盯着看了一会儿，终于笑出声来。霍克本趁机把"香蕉"送到她面前："女士，来点下午的甜点怎样？"

女孩果真接过了“香蕉”，大口“吃”起来。

这一老一小很快成了朋友。霍克本知道了她叫刘圆圆，就住在他公寓的楼上。她的妈妈在中国餐馆打工，爸爸因交通事故一直住在医院里。圆圆两岁时跟随父母从中国湖南省来到加拿大，对故土几乎没有记忆。她把自己裹在衣服里的原因是她从出生起就患有一种叫艾里克斯综合征的罕见免疫系统疾病，只要碰见空气中的蛋白物质，身体就会产生一种叫蛋白质E的特殊抗体，这种抗体附着在身体的细胞里，只要再次遭遇过敏源，就会产生一种化学物质，当这种化学物质通过汗液排出体外时，气味会很难闻。

“在学校有人叫我臭鱼小姐，我每天把自己泡在浴缸里也没用，我还是一只臭鱼……”

霍克本在她的眼泪里看到了似曾相识的绝望，那绝望曾经属于他的儿子。

当晚，他把电话打到了华盛顿，向一位医学权威朋友询问有关圆圆的病情。朋友告诉他，这种疾病在全世界发现不到30例，而且毫无治疗方法。患病的大多是孩子，病因多是由于父母基因的染色体不合。更要命的是，空气中存在的任何物质都可能成为导致患者整个免疫系统瘫痪的过敏源，也就是说，随时随地的任何一样东西，都可能夺走圆圆的生命。

当晚，霍克本按响了圆圆家的门铃。当孩子的脸出现在他的眼前，老人颤声道：“我的女士，我只是路过顺便向你问声好。”

爱德华·霍克本，曾是加拿大新斯科舍省会哈里费克斯市某著名大学的知名数学教授。

20年前，他热衷功名而忽略了家庭，妻子提出离婚，身患社交恐惧症的独生子自杀。对生活失去任何想法的霍克本变卖家产，开始了近20年周游北美的流浪生活。老迈之后返回故乡，在一个偏僻的公寓里安定下来，靠微薄的年金度日。

上帝啊，我就知道我不是魔鬼的女儿

一个星期后，霍克本在自己家里用最好的烤羊腿招待圆圆。

他们都被一条电视新闻给吸引住了：“近几日内将有一万只来自中国的塑料玩具漂至萨布雷岛。这只鸭子舰队于1992年从香港驶向美国时，在国际日期变更线附近遭遇风暴……这批勇敢的小鸭子，载着来自遥远东方的传奇……”

新闻播完了，圆圆盯着电视发了一会呆，然后突然跑了出去。几分钟后，她带着一只恐龙陶罐回来，气喘吁吁地说："这是我全部的财产！我因为不能坐飞机所以不能回国，如果能找到来自我家乡的鸭子们，哪怕只有一只，我都不孤独了。"

霍克本问："圆圆，你想拥有一只这样的鸭子吗？"

圆圆的脸扬了起来："一定是上帝给了它们力量！这些鸭子穿越了连魔鬼都不敢穿越的北极圈。如果我有了一只上帝的小鸭子，我就能向同学证明我不是中国魔鬼的女儿。"

霍克本觉得自己的心被重重敲打了一下。他蹲下身，柔声道："圆圆，但是这之前我必须要跟你的妈妈好好地谈一下有关你的健康问题。"

第二天一早，霍克本在睡梦中被圆圆的拍门声给惊醒。他惊讶地看见她手里拿着一个小小的旅行袋，声音里有着从没有过的阳光："我妈妈同意了，她说她认识霍克本先生，知道您是一个好人……"霍克本还是迟疑着："圆圆，把你妈妈的手机号给我。"

圆圆告诉他，她妈妈的手机已经欠费停机了。霍克本试着打一次，果真不通。无奈，霍克本只好做了简单的行装准备工作，就带着圆圆上路了。他们从哈里费克斯出发，坐了3个小时的轮渡到达了萨布雷岛。萨布雷岛被称为大西洋里的一颗珍珠，一直以旅游业闻名于世。他们到达岛上时，不巧正赶上风暴，霍克本决定先在一个海边的小旅店里安顿下来。

霍克本租了一辆车，因为根据媒体的推测，按照海流的流向，鸭子们最有可能靠近的虽然是旅店附近的加密所湾海岸线，但由于昨夜的风暴影响，有部分鸭子率先被冲进5海里外的凹型海域，那里是一片无人区，海岸周围只有稀疏的几块苹果园。霍克本曾经到过那里，他知道路线。他们开车经过加密所湾的时候，发现那里已经挤满了媒体和闻声而来准备淘宝寻鸭的人们。圆圆看着窗外，眼中露出了担忧。霍克本开朗地安慰她道："放心吧，圆圆，没有人可以抢在我们前头见到那些鸭子的。"圆圆好奇地问为什么，霍克本说道："因为昨夜我在梦中跟上帝有个简短的谈话，他说为了满足圆圆这个小天使的愿望，他一定会留给你一只小鸭做朋友的！"

圆圆惊讶地呼叫起来："他真的叫我天使吗？他真的这样承诺了吗？"

霍克本点头。圆圆用了好长时间才平静下来，说："我的上帝啊，我就知道我不是魔鬼的女儿！不是！"

也许是小鸭子们还没有扭转情绪

他们在无人的海边一直等到了黄昏，随身带的三明治和饮料都已告罄，海面上还是没有鸭子的身影。霍克本试图说服圆圆先回旅店休息，但圆圆坚持道："上帝一定会遵守承诺的，如果我不在这里，那上帝该多失望啊！"

一老一少饿着肚子守到了晚上9点。虽然是夏季，但孤岛的夜晚还是潮湿又清凉。霍克本把圆圆安顿在车里，给她披上自己的外套让她睡下，然后自己到车外守夜。早上6点钟，圆圆来到了他的身边："霍克本先生，对不起，我睡着了！还有一件事，我好像很饿……"

霍克本笑了。他让圆圆在海边守着，10分钟后，霍克本带来了早餐和当天的报纸："这批来自中国的小鸭子们好像跟暴风雨闹了点情绪，至今还漂流在10海里外的海面上，迟迟不肯靠岸。它们要什么时候才能扭转情绪，这就要看上帝的意图了。"小圆圆问霍克本什么叫"扭转情绪"？霍克本告诉她就是重新有了好心情的意思。

圆圆"哦"了一声，感叹道："这些小鸭子还挺有个性的啊！"

又一整天，还是没有等来鸭子。傍晚，霍克本给旅店打电话确认后得知，电视上说这些小鸭子们已经驶离了加密所湾海岸线，正随着大西洋暖流朝美国东海岸漂去。

霍克本如遭雷击。

在圆圆的追问下，他舔了舔嘴唇，鼓足勇气说："圆圆，也许，它们不会靠岸了。"

圆圆的笑容在脸上凝固了："为什么？上帝是不会食言的，一定是你听错了！"霍克本看着圆圆眼里的泪水，语无伦次地说道："哦，是的，你说得对，上帝是不会食言的！也许，是他搞错了，也许是小鸭子们还没有扭转情绪，也许……"

霍克本无法把话题进行下去。圆圆哭着哀求他："霍克本先生，那就让我们耐心地等下去吧，小鸭子们一定会扭转情绪的。等看到早上的太阳，它们一定会上岸见我们的！"

我现在只想祈求上帝赐给我一只中国鸭

半夜，圆圆的身体散发出强烈的气味，霍克本用手一摸，她浑身都是冷汗，发着高烧。霍克本再也无法坚持下去，他强行把圆圆带回车中，启动了油门。可是还没有走出10米，就被远处驶来的警车给拦住了。

警察径直走过来："爱德华·霍克本先生吗？你以儿童绑架嫌疑被警方拘捕了。"

霍克本被押到哈里费克斯警察局后才发现，圆圆的寻人启事已经发往了加拿大的各个警署，同时已于一天前上了新斯科舍州新闻频道，是旅店的老板发现后报了警。原来圆圆并没有向她的母亲"请假"，因为她知道，请假的结果只会有一个，"绝对不行"。

在警局的询问室外，圆圆的母亲王新佩可以清楚地看到里面的情况。霍克本诚实地回答了警方的一切问题，最后追加道："圆圆太孤独了，所以明知道鸭子不会靠岸了，我还是不忍心带她回来。我现在只懊恼一件事，她的病情怎么样，还有我该怎样向她再次证明她是上帝的女儿这个事实……"圆圆母亲的眼泪流了出来，她央求警察："我撤销起诉，请立刻把好心的霍克本先生释放了吧！"

霍克本走出警察局的时候，立即被蜂拥而至的媒体围住了。面对媒体的各种提问，霍克本没有作任何正面回答，他只有一句话："我现在只想祈求上帝赐给我一只中国鸭。否则，我这一生都无法再次面对圆圆！"

当晚，霍克本接待了一位陌生的东方女性，她手中捧着一块大蛋糕，局促地说："我是圆圆的妈妈，我为发生的一切向您道歉。"圆圆妈妈还告诉霍克本，"5 分钟前我接到电视台来的电话，他们说有一个来自阿拉斯加的游客 3 年前做海滩拾荒队的义工时，捡到过一只正漂流过那里的中国鸭，他准备把它捐赠给圆圆。"

一个星期后，出院的圆圆真的收到了来自阿拉斯加的礼物。

我一直担心一个人到上帝那里会孤单

从此，在幽静的哈里费克斯约克街区公园的一角，人们经常可以看到一位安详的老人和一个包裹得很严密的中国少女坐在长椅上快乐地聊天。他们中间总摆着一只丑陋、褪色又有些变形的塑料鸭。如果有人问起这只鸭子的来历，圆圆就会迫不及待地告诉他："它是坐着上帝的方舟从我的故乡漂流过来的，是我最亲密的朋友！"

然而，当初秋的第一抹金黄又抹在了约克大道的枫树上，公园的长椅上却只剩下了霍克本先生一个人。这位老人在夕阳的余晖下总会想起两个人，一个是他的儿子，一个是他的天使朋友。他不会忘记他的小天使对他说的最后一句话："谢谢你，霍克本先生，我一直担心我一个人到上帝那里会孤单，现在有小鸭子跟我葬在一起，我再也不害怕了。”

霍克本笑了：“我的天使，带着你的小鸭子，在上帝那里要好好地等我啊。因为我孤单太久了，我真的有些害怕在上帝那里还是一个人。”

玫瑰与爱情无关

我永远忘不了那一天——大学开学的第一天，宿舍里有一位女生一边整理床铺一边用甜得近乎童音的声音问我：“阿姨，您送的是谁?”天啊！她竟把我当成了送学生的家长。我涨红了脸，像一个吃多了辣椒的孩子哼哼哈哈地说：“哦，不，不……”话未说完眼里早就浮上了一层水雾，那是一种近乎心碎的无地自容。

我不知该不该向老天讨回公道，我不仅长得丑，偏巧一场病毁掉了我的眉毛、睫毛，连头发也稀疏得只能勉强盖住头皮。更让我伤心的是，我年纪轻轻，额头、眼角处却布满了骇人的皱纹。一声“阿姨”就像一把刀，轻易戳破了因为高分考上大学而勉强包在我心上的一层极薄的自信。

深夜，躲进自己的小帐子里，我尽情地哭。我仿佛看到无限湿重的空气将会布满我所出现的每一片空间。未来、青春、爱情，所有这些女孩子值得骄傲和幻想的东西，只会让我自卑、孤独和伤感。我渴望别人的理解和关怀，渴望有人越过我毫无光彩的脸真诚地感受我火热的内心。

这一切终于不可置信地实现了——一个天使般的男孩子用灿烂的微笑在我少女的花园里洒满珍珠般的光芒。

数学系召开第一次全系会议，会上宣布了系里录取成绩的前3名。我没想到自己居然是第2名，心里不觉涌动着一股惊喜和安慰。可是这一点可怜的骄傲却被大家从敬佩迅速转为惊讶的目光扫除了。

我低着头，比挨批评还难受。散会时为了避开别人的指指戳戳，我故意留在后面，准备只有我一个人时再往门口走去。

突然一个声音叫住了我，我回头看见的是“第一名”。他笑起来很文雅，让人不能不感到亲切。但我还是故意问了一下：“你是谁?”他的嘴角浮起一抹更浓的微笑：“我是数97计算机专业的乔阳。”我的心一沉，他和我是一个班。在学习上我一向独占鳌头，现在多出了一个竞争者，我心里不觉生出一股敌意。他仿佛对我的“巨变”毫无察觉，仍旧和颜悦色地问：“你呢？你也是数 97 计算机专业的？”我若有所思地“嗯”了一声。这“嗯”里全部是胜过他的决心。

在班里我很怕跟人接触，而坐在我前排的乔阳一下课就转过来问东问西，常常弄得我窘迫不安。我不知是因为我不能给他娇女孩的感觉才使他坦然自若地跟我接近，还是因为他想借此“侦探”我的学习状况。总之我不太相信他的善意，我的长相决定了我没这么宽容的心。

一次自习课上，我又拿出了心爱的《红楼梦》——不是没看过而是因为总看不够。乔阳转过来，他很随意地从我手里拿过书，然后笑起来：“这么唬人，我看你都伤感成林妹妹了。”“我？林妹妹？你开什么玩笑？”羞愤的眼泪直往外涌，他竟这样戏弄我。我知道我丑，可他也不能“含沙射影”地说我“东施效颦”呀！乔阳吓得手足无措，面带尴尬，不住地说“对不起”。我伏在臂弯里，久久不肯抬起头。

说实在的，与乔阳的频频接触虽使我窘迫但并不反感，尤其想到那么出色的男孩单单喜欢跟我接触，心里便有一点小小的骄傲和虚荣。可我没料到他根本就不尊重我。我发誓不再理他。

此后，乔阳频频转头，但一看见我阴暗的脸便欲言又止。有一次他转过来无声地欲拿我桌上的一本书，我一把摁住，满脸愠怒。他毫不介意也不放弃，无奈我只得松手。乔阳送回的书里多了一封厚厚的信：“溟蒙，系里第一次开会，我就佩服你，一个女孩能考出那么好的成绩，需要付出多少汗水，拥有多少坚强。可是我从你的脸上没有读到一丝应有的自豪。也从那一刻起我就想做你的朋友，一个真正意义上的朋友。不管别人怎么看你、怎么待你，你在我心里总是和谐而美好的。请你不要让自卑的海浪将你重重包围，抛开一切顾虑，相信自己的能力……”一时间，我的眼泪恣意流淌。从来没有人给过我这么大的鼓励和安慰。

期中考试我稳拿第一，乔阳不得不屈居第二，这使我在扬眉吐气之际略有不忍。但乔阳却大度地微笑着冲我做了一个“victory”（胜利）的手势，一段干戈就这样轻易地化作了玉帛。此后，我和乔阳一起下五子棋，一起讨论问题，一起嘀咕某个人的不是，因为我们都是俗人。可这些简简单单的俗事里也隐含着危险——我不知不觉地喜欢上了他，并期望整天跟他在一起。强烈的感情和内心的无望时刻噬咬着我的坚强，脆弱的我甚至听到一首伤感的歌都要泪流满面。有一次，我梦见乔阳不知为何打了我一巴掌。我哭着用刀划开了手腕，汩汩的鲜血染红了我的梦。我惊悸得满身冒冷汗，我想，我这样的“丑八怪”喜欢他连老天也会在冥冥中惩罚我，于是我开始积攒每一笔不到百元的稿费。可现实还是彻底地把我从想入非非中击醒了。

一次去收发室取信，隔着密密匝匝的常青藤，我听到乔阳和他的老乡在谈话。依稀有一句“溟蒙”，让我立时支起了耳朵。我终于明白他的老乡是想确信一下他是否在跟我谈恋爱，又想明白为什么偏偏选择丑陋的我。乔阳的话一句句落在了我等待判决的心里：“我和她只是好朋友，她人很好，她需要友谊，对她来说一份真正的友谊比爱情更重要。我想帮助她，让她有信心发挥自己的聪明才智，期中考试我故意做错题就是想让她考第一，让她有一份战胜自卑的力量……”我难过得几乎要哭出声音，可我心里却是感动的、温暖的。

年终，我和乔阳被评为“优秀三好学生标兵”，两人的奖学金加起来足有2000元。我和他在一家饭店美餐了一顿。餐间有位卖花小姐经过，看看我又看看乔阳，似乎在一刹那被我们之间的关系搞昏了头。但为了生意她还是试了一试：“先生，给小姐买一束花吧。”这个“小姐”说得迟迟疑疑，但我快乐的心情已不再计较它。乔阳付给她5元钱，挑了一枝含苞待放的玫瑰微笑着递给我。伸手接花时，我的手因激动而微微颤抖。这是一枝与爱情无关的玫瑰，却是我生命里最初也是最珍贵的一首友情绝唱。

幸运抽奖

考特公司的年庆活动中有一个传统的抽奖游戏叫“幸运波多黎各”。参与活动的员工，每人拿出10美元作为奖金，并把自己的名字写在小纸条上放进一个空玻璃缸里，再由嘉宾从里面摸出一个幸运者的名字，被抽中的人就可以用这笔奖金在波多黎各享受两周的假期。

今年的庆祝会如期举行，唯一不同的是，今天也是看门人维利·琼斯退休的日子，他已经在公司当了40多年的门卫了。他患有小儿麻痹症，但性格很开朗。上下班的时候，人们都能看见老维利在轮椅上微笑招手。想到这次将是维利最后一次参加新年庆祝会，大家心里不免有些失落。

庆祝会快结束的时候，主持人让迈克上台负责摸纸条。迈克把手伸进玻璃缸，在一堆小纸团中间摸索了半天。因为在刚才写纸条的时候，他没有写自己的名字，而是写上了“维利·琼斯”，希望能给这个可爱的老人多一次机会。最后，迈克拣出一个跟他的纸团手感最接近的纸团递给主持人。主持人展开纸条，大声念出上面的名字：“维利·琼斯！”

迈克简直不相信自己的耳朵，没想到摸到的果真是自己的纸条，实在太幸运了。这时台下也一片欢呼雀跃，全体员工都拥向维利，大声祝贺他，跟他握手拥抱。每个人都异常兴奋，比他们自己中了奖还高兴。迈克突然意识到了什么，把手再次伸进玻璃缸，悄悄抓出四五个小纸团，展开以后，发现每张纸条上都有不同的笔迹，但却写着同一个名字——“维利·琼斯”。

迈克终于明白大家为什么这么开心，每个人都以为自己的纸条被抽中了。得到免费旅游固然值得高兴，但能送给维利一个惊喜更令人激动。

比金钱更恒久的财富

有一个美国富翁，一生商海沉浮，苦苦打拼，积累了上千万的财富。有一天，重病缠身的他把10个儿子叫到床前，向他们公布了他的遗产分配方案。他说：“我一生财产有1000万，你们每人可得100万，但有一个人必须独自拿出10万为我举办丧礼，还要拿出40万元捐给福利院。作为补偿，我可以介绍10个朋友给他。”他最小的儿子选择了独自为他操办丧礼的方案。于是，富翁把他最好的10个朋友一一介绍给了他最小的儿子。

富翁死后，儿子们拿着各自的财产独立生活。由于平时他们大手大脚惯了，没过几年，父亲留给他们的那些钱就所剩无几了。最小的儿子在自己的账户上更是只剩下最后的1000美元，无奈之时，他想起了父亲给他介绍的10个朋友，于是决定把他们请来聚餐。

朋友们一起开开心心地美餐了一顿之后，说：“在你们10个兄弟当中，你是唯一一个还记得我们的，为感谢你的浓厚情谊，我们帮你一把吧！”于是，他们每个人给了他一头怀有牛犊的母牛和1000美元，还在生意上给了他很多指点。

依靠父亲的老友们的资助，富翁的小儿子开始步入商界。许多年以后，他成了一个比他父亲还要富有的大富豪。并且一直与他父亲介绍的这10个朋友保持着密切的联系。他就是美国巨商弗兰克·梅维尔。

成功后的梅维尔说：“我父亲告诉过我，朋友比世界上所有的金钱都珍贵，朋友比世界上所有的财富都恒久。这话一点也不错。”

在这个世界上，金钱能给人一时的快乐和满足，但无法让你一辈子都拥有。而友谊和朋友却能给你一生的支持和鼓励，让你终身拥有快乐、温馨和富足。

好朋友是人生一笔最大的财富，也是一笔最恒久的财富。

两张借条

因为是交情深厚的朋友，才敢放心把钱借给他。想不到，那钱，却迟迟不见还。借条有两张，一张5000块，一张2000块，已经在我这儿存放了两三年。

如果我的日子好过些，或者只要还能马马虎虎过得下去，我想我仍然不会主动去要求朋友还钱。可是我失业已近一年，一年中我试着做了点儿小生意，又把最后的一点儿钱赔光，这日子过得艰难无比。自己还好办，可是看到妻子女儿也跟着我受苦，心里就很不是滋味。我想现在应该向他开口了。

和朋友是在上中学的时候认识的，很聊得来。后来我们又考上了同一所大学，读同一个专业，这份友谊就愈加深厚。毕业后我们一起来到这个陌生的小城打拼，两个人受尽了苦，却都生活得不太理想。朋友似乎比我要稍好一些——虽然朋友只是一个小职员，可那毕竟是一家大公司，薪水并不低。

可是那次朋友找到了我，向我借5000块，我虽有些吃惊，但仍对他说：“虽然这两年来，我只攒下了5000块钱，但我仍然可以全部借给你。不过，你得告诉我你借这5000块钱做什么。”朋友说：“有急用，你别问行吗？”最终，我还是把钱借给了朋友。朋友郑重地写了一张借条，借条上写着，

“一年后还钱”。

可是一年过去，朋友却没能把这5000块钱还上。朋友常常来找我聊天，告诉我他的钱有些紧，暂时不能够还钱，请我谅解。我说不急。

可是突然有一天，朋友再次提出跟我借钱，仍然是5000块，仍然许诺一年以后还钱。于是我有些不高兴，我想朋友难道不知道“有借有还，再借不难”的道理？我再次问朋友借钱做什么，朋友仍然没有告诉我，只是说，有急用。我说：“难道我们不是朋友吗？如果是朋友，你为什么不能告诉我？”朋友说暂时还不能。虽然我心里不大痛快，却仍然借给了朋友2000块钱，然后收好朋友为我打的借条。为什么借给他？因为我相信那份珍贵的友谊。

往后的两个月里，朋友再也没来找过我。我有些纳闷，去找朋友，却不见了他的踪影。朋友的同事告诉我，朋友暂时辞了工作，回了老家。也许他还会回来，也许永远不会。我想朋友这是什么意思呢？

我等了两年，也没有等来我的朋友。现在我有些急了——之所以急，更多的是因为我的窘迫与贫穷。我想就算朋友永远不想再回这个城市，可是难道就不能给我写一封信吗？不写信给我，就是躲着我，躲着我，就是为了躲掉那7000块钱。这样想着，我不免有些伤心。难道十几年建立起来的这份友谊，在朋友看来，还不如这7000块钱？

好在我有朋友老家的地址。我揣着两张借条，坐车找到朋友的家，那是一间破旧的草房。那天我只见到朋友的父母。我没有对朋友的父母提钱的事，只是向他们打听朋友的消息。

“他走了。”朋友的父亲说。

走了？我竟没有听明白。

“从房顶上滑下来……村里的小学，下雨天房子漏雨，他爬上房顶盖油毡，脚下一滑……”

“他为什么要冒雨爬上房顶？”

“他心里急。他从小就急，办什么事都急，比如要帮村里盖学校……”

“您是说他要帮村里盖学校？”

“是的，已经盖起来了。听他自己说，他借了别人很多钱。可是那些钱仍然不够。这样，有一间房子上的瓦片，只好用拆旧房拆下来的碎瓦。他也知道那些瓦片不行，可是他说很快就能够筹到钱，换掉那些瓦片……为这个学校，他悄悄地准备了很多年，借了很多钱……他走得急，没留下遗言……我不知道他到底欠了谁的钱，到底欠下多少钱……他向你借过钱吗？你是不是来讨债的？”

我的眼泪终于流下来。我不敢相信他的突然离去，更不敢相信他原来一直在默默地为村子里建一所小学。朋友分两次借走的7000块钱，原来只是想为自己的村子建一所小学；之所以不肯告诉我，只是不想让我替他着急。

“你是他什么人？”朋友的父亲问。

“我是他的朋友。”我说，“我这次只是来看看他，却想不到，他竟走了……还有，我借过他几千块钱，一直没有还。我回去就想办法把钱凑齐，然后寄过来，您买些好的瓦片，替他把那个房子上的旧瓦片换了。”

朋友的父亲老泪纵横。他握着我的手说：“能有你这样的朋友，他在地下也会心安。”

回去的汽车上，我掏出那两张借条，想撕掉，终又小心翼翼地揣好。我要把这两张借条一直保存下去，为我善良的朋友，为我对朋友曾有的恶毒的猜测。

经常的老头儿

1+3考试过后，我好像迷失了本性一般。不要说上课认真听讲，就是考试期间，我都抱着《饮马流花河》度过。其实武侠此时也安慰不了我。翻看那时的日记，我彼时的形象，就是一具活生生的行尸走肉啊。目光空洞呆滞，头发凌乱，背着我的红背包，像孤魂野鬼般游荡在校园的角角落落。想想看，一个人怎么能消沉到那个地步。我对一切的一切，都失去了兴趣。那时的我大抵就是这个状态。

为了打发空虚得使人长毛的时光，我经常在网上乱窜，像只没头苍蝇般。人倒霉时，喝凉水都塞牙。霉运连连的我啊，想看电影，却登不上常去的网站；想听音乐，却发现耳机与电脑是异体的；打开QQ，连个网友都不在。我找！按下“查找”键后，第一个看到的就是“老头儿”。好吧，不管你是老头儿，还是老奶奶，就你了。

找到倾诉对象后，我的苦水源源不断地倾洒出来。不知网络那头的老头儿是不是直皱眉头。但他一句句安慰的话语，一个个或微笑或调皮的表情，确实使我平静了不少。没人能猜到，那时我倒霉到什么程度，一句句问候语发出去，都像我一篇篇投寄出的稿子，成了入海泥牛，没人理睬我的呼唤。如果网吧有监视器之类的东西，肯定会看到一个经常出入网吧的女孩，总是灰着脸出来，一副要哭的表情。有了老头儿，就不同了，溺水之人，见到一根稻草都紧握在手，何况是一个大活人呢。

老头儿的头像是原始的企鹅。每当小企鹅动起来，我就迫不及待地双击，然后手忙脚乱地回复。我打字的速度很慢，聊得前言不搭后语。“老头儿，你多大了？”“57。”“真的？”“是啊。”“为什么叫‘老头儿’？”“同事都这么叫我。”有一点老头儿骗了我，因为日记里记录与他相识的情形，他说自己叫张滨，若干个月后，他却成了刘津。

聊的次数多了，彼此建立了信任，我把我苦恼的心事吐露给他，也凄凄惨惨地诉说了父母离异的不幸。这时老头儿仿佛就在我面前，像邻家长着白胡子的大爷，语重心长地引导我、鼓励我。他说的最多的一句话就是“你是一个好女孩儿”。在周围漆黑一片时，我看到了一丝阳光。心绪愈来愈恶劣，我把网名改为“百年孤独”。我就像被世界遗忘在马尔贡的一片云，游荡在与世隔绝的大漠般的天空。

网名改了后，老头儿不认识我了。留言不回，聊天时也爱理不理的。那时我的日记里，郁闷、空虚、消沉是出现频率最高的词。终究不方便，“百年孤独”几日后又成了“尉迟鞶鞶”。这时，我们开始通信。第一次收到他的信时，我高兴得梦中都在笑。但老头儿很懒，很多时候，两三个月才能收到他的回信，我心里就有点忿忿然。

期中考试第三门刚考完，我收到了他的照片。他坐在电脑旁，花白的头发，开心的笑容，眼睛里写满了慈祥，与我想象中差不多。

我的“间歇性精神病”渐渐好了，生活慢慢步入正轨，我又成了那个爱笑的女孩。虽然还会找个时间偶尔忧郁一下，大部分时间，我就像林间撒下的斑驳阳光，活泼、灿烂。带着这样的笑容，我穿梭于图书馆、自习室、精品店、商场。心情不好时，我就去上网，而老头儿，仿佛一直就在那儿“你好，丫头”，我就像受了委屈的孩子，絮絮叨叨地说着自己的那些糗事。老头儿总是不厌其烦地听我说。

在这断断续续的交往中，光阴悄然逝去。那天晚上，我知道了专升本成绩，是舍友帮我查的。其实网上早就公布了，只是我不敢面对。我在黑暗中微笑，泪从两颊滑落。遥望成功时，它令我恐慌，令人眩目。它神秘的光环散发着魔力，吸引着我。但真正触到时，反而坦然。曾经的泪、曾经的汗，都成了曾经。再回首，那仿佛已是很遥远的事情。我给爸爸妈妈报告了这个喜讯，然后迫不及待地跑向网吧。

老头儿仿佛早已洞察般淡淡地说声“哦”。看着憨态可掬的企鹅头像，一瞬间，我感到从未有过的从容和充实。

朋友不必有很多，在你跌倒时，会伸出温暖的手；在你绝望时，会用号角般的话语鼓励你；在你失意时，总会感到一双肩膀的重量；在你得意时，一声轻轻的“哦”足矣，云淡风轻。红尘过往中，有多少张面孔，路过了，远离了；人海茫茫中，有多少脚步，走近了，渐远了。人潮中熟悉的面孔，回忆里花开的声音，这一点一滴的瞬间，构成了真实的生活。而朋友，总是你或平庸或不凡的经历的核心。当品尝着友谊醇美而绵长的余韵时，我想，我愿是这样的一位朋友，给每一个他或她，一个瘦弱的肩膀和一颗坚定的心，就像网上的“老头儿”，在你最需要时，最频繁地跳动。

再次走进网吧，老头儿一如既往地说：“你好。”“老头儿，我该怎么办？”“怎么了，丫头？”“有一个男孩……”

阿兴的故事

2004 年的冬季我又见到了阿兴，但已认不出他了。他那双深邃的眸子让我有恍如隔世之感，一些尘封已久的记忆便开始显现。

当那个曾是如此熟悉的名字再次从我口中说出时，竟发觉有种遥远和陌生感。是啊！8 年了，一切都会不同。眼前的阿兴风度翩翩，尽管英俊的脸庞上有着岁月的沧桑，但上面写满幸福。他再也不是那个蓬头垢面、衣衫褴褛、没人要的放牛娃了。他告诉我他要当爸爸了，还说虽然多年不见我还是没有改变什么，一样的善良和天真。他说他知道我会考上大学，实现自己的梦想。我只能微笑着点头，却找不到一句合适的话。因为生活对我们来说都是美好的。

真正认识阿兴是在小学三年级，之所以真正，是因为他的大名我们早就“如雷贯耳”。那个时候，只要做错一点小事，父母亲都会这样教育我们：“不学好，将来像阿兴一样，啊?”虽然还不知道他是谁，也不知他到底做了什么，但人们都不喜欢他。他的出现招来的是哄堂大笑——他简直就是瘦了三圈的三毛嘛：几根稀疏的头发上粘了好几团泥巴，全身上下黑黑的一团糟，脸上也糊着泥巴。只是一双又大又圆的眼睛一闪一闪的，格外鲜活。见同学们笑，他也呵呵地憨笑起来，还一边用断了线的半截袖子抹脸。那个可怜的三毛形象引起了我的同情，所以当老师问谁愿意和他同桌时，我在一片安静中举起了手。就这样，在大家近乎恐惧的眼神中，阿兴成了我的同桌。

后来才知道阿兴挺可怜的。他母亲是我们这一带有名的“村花”，可就是漂亮造成了她的好吃懒做、爱慕虚荣。为了满足她，阿兴那老实巴交的父亲在一次偷盗事件中沦为抢劫犯。在那个年头这可不是小事，一判就20年。就在他父亲被抓的当晚，“村花”母亲跟着建筑队的一个外来工人跑了，丢下了和3岁的弟弟、5岁的妹妹不满6岁的他。

知道这些后，我对阿兴再也狠不起来，但也不在同学面前说他的好话，为的是和他保持距离。阿兴并不是个好学生，每天都迟到和早退。不过没关系，反正没人会注意到他。在那个班里，除了我会悄悄地跟他聊上几句，没有人愿意多看他一眼，因此我在他面前也“嚣张”起来。我问他：“你爸怎的就坐牢了?”“偷人家东西被发现了呗!”“那你妈真的跟人跑了?”“大概是吧。那时候还小，不太记得。”他说这些的时候是那么地自然，仿佛这些事都和他无关。

他也会很小心地问我为什么愿意跟他同桌，为什么会和他聊天。我说：“你长着三头六臂吗?会吃人吗?为什么不能和你坐一起跟你聊天呢?”之后我们都笑了起来。那个时候，他忽闪忽闪的双眼仿佛是黑夜里的星星，那么明亮而充满希望。

大概是五年级里的某一天，我一进教室就发现阿兴被围了起来。人群中他低着头，对那一根根指向他的手指不闻不问。“只要你拿出来，我不告诉老师是你偷的，否则我不客气。”“对对，快拿出来!”同学们你一句我一句都指向他。我看着阿兴，他一直沉默着，脸上不见任何表情。“你看见他拿的吗?”不知怎的，我总觉得阿兴不会那么做的。我这一问却换来一时的安静。“我没有。”他抬头说了第一句话，明亮的眸子中满是刚毅。“哼！你没有？你妈是婊子，你爸是贼，现在还在牢里呢，肯定是你干的。”一位好事者高喊起来。“对对，肯定是你。”更多的声音附和而来。阿兴猛地站了起来，我听见他握紧的拳头在“咯咯”作响，我看见他深邃的双眼涨得通红。是的，我也很生气。“谁说他父母怎样，他就会怎样？你爸妈是农民，那你也是，还上学干吗！我说不是他就不是他，我相信他。”毕竟我是班长，所说的话总算让场面安静了下来。

下课后，阿兴微笑着递给我一张纸条，眼中却满是泪水。“你是我的第一个朋友，谢谢！”从那以后我知道了阿兴更多的事。比如，他迟到和早退是因为要给人家放牛挣钱。爷爷奶奶都老了，养不活他们三兄妹，所以他一口气承包了全村的牛，成了真正的“王二小”。他懂得很多，知道山上哪些果子有毒，哪些果子好吃。那个夏天我经常偷偷跑出来坐在牛背上和阿兴一起在那个美丽的山坡上玩。

那时的天空很蓝、很高，偶尔会有一丝白云飘过，很轻、很纯。在脚下，青青的小草散发着醉人的气息；在耳边，潺潺的流水唱着轻盈的歌。想起一篇名为《我的愿望》的作文，我忽地有了灵感：“我的愿望是当个作家或诗人，要让我手中的笔写尽人间的美好，写尽大自然的美丽，让每个人都能像现在的我感受着美。那你呢？你的愿望是什么？”原以为他会说有很多钱之类的，但他沉默了，呆呆地望着远方，许久才缓缓地说：“你很善良，很天真，真的希望你能如愿以偿，但不是每个人都如你般幸福的。”他的话让我震惊，他深邃的双眸就像夏日里的天空，明亮而深不见底。我的心有点疼痛。“我只希望妈妈能回来，爸爸还有两年就能出来了，到那时我们家也可以像你家那样快乐地生活了，你说是吗？”“你不恨她？”“恨？还恨什么？她是我妈呀！有时弟弟妹妹都会喊着要妈妈，我心里有多难受。只要她回来我会努力养活她的，我有的是气力。”他说着就站了起来。真的，3 年下来他长高了不少，也许是早熟吧！他看上去不像个孩子。“她还是抛弃了你们。”“没关系，这样至少她会生活得好点儿。”说完他自嘲地笑了起来。我赶紧拭去眼角的泪水不让他看见。那时的风很轻，吹起我的长发有种柔柔的忧伤，远远地望着他忙碌的背影，我心底有个声音：会的，我们的愿望都会成真的！

到了最后一学期，阿兴兴奋地告诉我他不再是放牛娃了，因为他找到了一份散工。从那以后他的成绩出奇得好起来。可是在某一天，他消失了。当再次出现时却不是以前开朗的阿兴了。后来才知道他家出事了。又是在某个夜晚，他的妈妈带着个男人闯了进来，拉起妹妹就往外跑，那个男人还推倒了老爷爷。阿兴和弟弟哭着喊着求妈妈不要走、不要带走妹妹，但换来的是男人的一顿毒打，妈妈流着泪水却没有停下前进的脚步。后来，阿兴一边喊一边追，尽管他已鼻青脸肿、血迹斑斑。汽车滑过漆黑的马路，留下的是一串大哭声。第二天赶早工的伯伯们看到他时，他还在抽泣，只是不见眼泪。一下子，人们都说阿兴可怜，说他是好孩子了。

听到这些，我仰望高远的天空，它蓝得让人落泪。他憔悴了很多，也不多话，深邃的目光时时飘向远方，虽然我不知道他心里有多难过，但我知道他的梦碎了。终于在小考前的某个黄昏，他边收拾课本边对我说："我要走了，在班里也只有你一个人可告别，以后你多多努力。" "去找妹妹吗?" "嗯。还不止。我爸提前释放了，我想接他出来在城里打工，弟妹上学都要钱的。"他若无其事地回答，仿佛这是一件理所当然，但又不是什么大不了的事，可那时他还没满 15 岁。"芳，我有时真的很嫉妒你，你总是那样的天真，把所有的事情都想得那样好。"说完，他便消失在我的视线中。

在阿兴离开后的半个月，他妈带着妹妹回来了。听说这次再也不走了。原先她想把女儿卖了抵债，可是看到阿兴她终究舍不得，所以干脆逃了回来，也算是一种落叶归根吧！我想阿兴要是知道了一定会很高兴。只是后来，他没有回来，我也离开了，越走越远，偶尔回家也是匆匆，阿兴便成为我尘封的记忆。

雪越下越大，看到他渐行渐远的挺直的背，我知道我们的梦还在。

同桌的你

很早以前就认识了茜，她是我第一个好朋友。我们是同桌，我们两个很谈得来，性格也很像。那时大家都很小，天真、幼稚。我们喜欢坐在梧桐树下，背对着背，闭着眼睛，仔细去闻那梧桐雨的芬芳，感受着友情的甜蜜。

我俩形影不离，彼此珍惜着这份甜蜜，不时也会搞点恶作剧。两个弱女子，并肩作战，竟然将一个男生弄得苦不堪言，那是何等的自豪。

假期是一段难熬的日子。暑假过后，终于开学了。我兴冲冲地小跑到学校，心里想象着相见时的快乐。或许是我来得太早了，教室里还显得空荡荡的，我坐在自己的位置上高兴地迎接每一位同学，盼望着那个熟悉的身影出现。

时间慢慢消逝，教室里的同学都一个个地来了。可是茜呢？在哪里？不来了吗？还是来了又走了？我一个人在心里嘀咕。

我没有走，我相信她会来的。我一个人在那里等着，却迟迟不见她的身影。为什么？“还不走吗？”老师亲切地问我。“哦，我还想再待一会儿。”“那你早点回家，免得家人担心啊！”“嗯。”我小声地回答着老师的问话。老师走了，教室里就我一个人，我突然感到好寂寞。

不久，老师又回来了，身后好像还有一个人。难道是……

是茜的奶奶来了，我一下热情高涨，跑过去问：“奶奶，茜呢？”“哦，她在家里，她要转学了，在收拾东西呢。”突然，好像晴天霹雳，我似乎觉得冬天来了，可是外面却骄阳正盛。我一个人待在那里。“茜的桌子是哪一张？”突然有一只大手拍打着我的肩膀。我的手指向那张熟悉的桌子。就在那张桌子周围，有我们的欢笑与泪水。

走出教室，天空中骄阳似火，灼烧着我的心脏。

茜走了，留下我一个人在寂寞里歌唱，我哭了。

后来，我的同桌换了。是一个大方、开朗、活泼的女孩子，她的开朗和我的腼腆形成了鲜明的对比。我上课不敢举手，她说：“勇敢点，我看着你呢！我为你加油！”她的鼓舞是我的动力，我克服了那胆小的毛病。每天，她举手后都会说：“该你了，加油。”然后，我举起手，慢慢站起来，吞吞吐吐地回答了问题，心里却是很高兴。“你好棒！”她说。然后我们微微一笑。这个女孩子，很好。

我们成了好朋友，她的名字叫梦。

一个狂风大作的雨天，雨下得很大。我们没有带伞，就搀扶着对方，一起走着艰难的路。不时，风会加大，我们娇弱的身体怎么能阻挡，只好躲在角落里等风儿来同情我们这两个可怜的孩子。在风里，我们感受着风吹雨打的痛苦。她说：“别怕，一会儿就会好的，再等等。”其实我知道，她也快挺不住了，她那在风里颤抖的身影，印在了我的脑海。

“冷吗？”她问我。“不啊！我的身体好着呢！”我勉强地笑着。我怎么可以让她知道我很冷呢。“啊——啊嚏——”响亮的喷嚏从我的嘴里打了出来。“还说不冷，快，把我的外套穿上吧！”她带着命令的口吻说。“可是……”她什么也不想就直接将衣服套在了我的身上。一下子，我暖和了，这种温暖的感觉是特别的，让我感觉好像风雨都停了，天空中的太阳暖洋洋的，还有那美丽的彩虹……

雨终于停了，我俩回了家。

后来，她病了，是因为我而病的。我恨我自己为什么要打那个响亮的喷嚏，怎么可以让她忍受刺骨的寒风，又怎么能心安理得地穿上她的外套，还因觉得温暖而不想脱下？我是怎么了，我怎么能这么自私，怎么能让我的好朋友去忍受折磨？

我来到了梦的家里，看见她那憔悴的脸庞，那病恹恹的身体，我哭了。“对不起，我……”“没事，我好得很呢，我马上就能陪你玩了。别哭！”

梦啊，我的好伙伴！毕业了，梦，陪我6年的梦，最终还是选择了离开，留我一个人在曾经携手走过的石板小路上徘徊。我又哭了。现在，我的同桌还是不停地变换，可唯有过去那些曾让我流泪的往事，才是我一辈子的怀念。

海这边的友情

从微机培训学校毕业后，我到网吧当了一名网管员。在那些来网吧的人中，有一个20多岁的女孩子引起了我的注意。

女孩子穿着朴素，文静秀丽。每天晚上8点，她准时走进来，然后在角落里坐下来。两个小时后，她又准时离开，几乎形成了规律。不管刮风下雨，天天如此。

我曾偷偷观察过她，和我想的一样，她在聊天。她的手指在键盘上灵巧地飞舞着，脸上洋溢着掩饰不住的开心。有时是极力压抑的笑，有时是那种甜蜜的微笑，很幸福的样子。不用说，又一个可怜的女孩陷入了网恋中。

有一次，我巡视时经过她的身边，见她正在发照片，是一组海景，碧海蓝天，帆船点点，沙鸥展翅，浪花翻卷，照片拍得相当不错。在她的手边，放着数码相机，看来，是她亲手拍的。有一张她站在海边的照片，拍得特别美。发过去之后，我看见她的嘴角露出无法掩饰的得意。

我在想，要不了几天，她准会去见网友。果然，一向准时的她，已经有 3 天没来了。第四天她出现在网吧时，我吓了一跳。她的脸色十分苍白，两眼深陷，眉头紧皱，手下意识地捂着小腹。看她的样子，仿佛这几天经历了什么打击似的。

她还是找了个角落坐下来，又开始聊天，脸上浮现着淡淡的笑意。我的心里又可怜她又生她的气。这次她聊了不到一个钟头就下线了。可是她几次想站起来都没有成功。脸色白得吓人，我赶紧过去搀起了她。她努力地笑了笑，说谢谢。

我把她搀到休息室，让她先歇一会再走。然后，我知道了她的故事。

一个月前，她的好友因药物中毒失去了听力，人几乎崩溃了，整日把自己关在小屋子里，拒绝说话，拒绝与外界的一切联系。在海这边的她心急如焚。打电话她听不到，她就给她写信，可是写信太慢了，她就想到了上网。她从来没上过网，也不会打字。可是为了朋友，她竟一个星期就学会了打字。朋友喜欢海，她省吃俭用买了数码相机，为朋友拍了海景，从网上传过去。她在一家制衣厂打工，比较偏僻，下了班再坐车来这就得一个小时。她必须在晚上 11 点前赶回去。因为她住的地方 11 点就关门，过了这个时间谁也进不去。所以，她每晚只能和朋友聊两个小时。3 天前，她做了阑尾炎手术。可她的心里，却怎么也放不下好友，怕她寂寞，怕她失望。她说，好友自从上网和她聊天，自从看到那些照片，已经变了很多，还为照片配上了文字，那些文字写得真美。说到这，她苍白的脸上现出舒心的笑。

我看着这个身材单薄的女孩，心里涌上了久违的感动。

我不要分享你的快乐

我注意到采莲是在一次歌唱比赛上。我记得自己得了第一，下台后骄傲地坐在选手席上，却并没有几个人朝神采飞扬的我看过来。我甚至试图用大声地咳嗽来引起落选歌手的关注与仰慕，可惜，周围依然是一片冷清，有几个女孩还在我得意的低声哼唱里不屑一顾地白了我一眼。我的快乐在外人的冷落里瞬间黯淡无光。采莲就在这时从背后拍拍我的肩膀，微笑说道：“安，你的歌声真美。”我回头，在忽闪忽灭的灯光里看见一股暖流从采莲温柔的眼睛里缓缓流溢出来，片刻，便浸湿了我渴望人来分享幸福的心田。

此后，我与采莲便成了心心相印的朋友。采莲是个长相平凡家境一般的女孩，除了唱歌，她再也没有什么东西能够引起外人的注意。而我，则是系里的文娱部长，不仅能歌善舞、容貌秀美，而且备受老师的宠爱和男生的喜欢。我与采莲走在路上，常有陌生的男生过来搭讪，我从来都冷若冰霜，不理他们的殷勤，倒是采莲过意不去，细声细语地帮我为他们答疑解惑。每次等他们走了，我总会“教导”采莲：“永远都不要对这些男生太好，否则他们就会得寸进尺，惹人厌烦。”采莲总是小心翼翼地辩解说：“可他们是真心地喜欢你的才华，也心甘情愿做你的粉丝呢。”本想反驳采莲几句，不喜欢的人凭什么将我的快乐拿来与他们分享？可每每看到她帮我“审阅”情书的辛苦，我还是将话咽了回去。

4年的大学，我永远都是那个一路领先的优越公主，而采莲则气喘吁吁地跟在我的身后，看我无限风光。演讲、主持、唱歌，每一项比赛，我都出尽了风头。常常是我在台上光芒四射，采莲坐在台下灯光照射不到的角落里默默为我祝福。掌声最盛的时候，我总会下意识地找寻采莲的视线，似乎只有在她那里，那份喜悦才会最大限度地绽放开来，且在瞬间将芬芳溢满周围的每一寸空间。而爱情于我，不过是路边的花儿，喜欢的时候就采来别在耳畔，厌倦的时候则随手摘下，弃之不理。似乎总是采莲为我一次次的爱情收拾残局；而我，却从没有想过采莲，亦是一个与我一样需要人来呵护与宠爱的女孩，她需要的不只是为别人辨别爱情的真伪，也需要属于自己的一份真爱。

一直到毕业，采莲都没有等到这份爱情。我曾经怀疑她在毕业前夕有过一份暗恋，因为她很奇怪地变得爱打扮起来，又几次羞涩地借我的衣服来穿。但每次我问起，她又总是摇头否认。我那时忙到没有时间追问采莲，以为她说没有，那一定是干净的空白。所以照例拉了她欣赏我的演出，向她秀男友刚给我买的名牌衣饰，或是将某次艳遇津津有味地讲给她听。采莲的确是一个很好的听众，她总是会在我需要的时候送上一句蕴藉人心的夸赞，并由衷地分享我的幸福，以致我常常忽略了采莲眼睛里愈来愈盛的忧郁。

是的，我只顾自己的爱情与学业，——它们都有了最完美的结局，我独独忘记了采莲，她也是一个需要人鼓励与关爱的女孩，需要一个哪怕将点滴的快乐都能酝酿成芳香美酒的朋友。为了庆贺，我大张旗鼓地请许多人吃饭，告诉他们我被保送去读名牌大学的研究生，而男友，也找到了一份最满意的工作。被请的人，皆真真假假地恭维我，说上天对我真是厚爱，让我的生活没有任何瑕疵。我的快乐，在外人的吹捧里膨胀到将我自己都要淹没掉了。而就在这时，我无意中从云层里俯身，竟看到采莲眼里的光亮倏然熄灭。

采莲第一次，也是最后一次，在我喋喋不休地吹嘘自己的时候胡乱找了理由，提前退席。之后我们忙于毕业前的许多琐事，联系渐少，等我领到毕业证的那天才突然想起，该去送送采莲的。但当我发短信给她的时候，她却用冷漠的一句"谢谢"便将我回绝。我不明白，追问过去，她却冷冷地拒接我的电话。我终于失了耐性，发短信问她："是不是毕业来了，我们的友情也跟着结束？"采莲过了许久才回复说："是友情自己走到了尽头。我想，我已经做到了最好，此后我们的路已是截然不同，你也没有必要为失去一个平凡的朋友过度哀伤；毕竟，你的周围繁花似锦，芳香四溢……"

我一度以为，孤单回到自己家乡小城工作的采莲，只是因为嫉妒才对我渐至疏远。直到有一天，我在一场比赛后被人落下，兴奋的获胜者为了表示祝贺，买来雪糕送给每一位被她 PK 下去的选手，我漫不经心地剥开来，放进嘴里，却发觉，原本最爱吃的巧克力雪糕，不知为何，变得如此苦涩。等到抬头看到胜者的笑容才发觉，原来与人分享快乐是一件如此困难的事。而采莲，却是心甘情愿地与我分享了 4 年。只是在最后的一刻，她才突然在我完美的生活里照见了自己的卑微。

而我，却是在失去采莲的时候才明白，采莲有一副与我分享的原是这样一份豁达的真情。

决斗

茶马古道。打箭炉（今康定）至拉萨的路上，扎西和次洛并辔而行。

扎西跟着次洛，已经半个月了。次洛是一个从打箭炉运茶到拉萨去的马帮首领，他的马队有十多个人和几十匹马。扎西则是离打箭炉不远的一个地方的山寨头目。

半个月前，扎西得到线报，说是有一桩大买卖，如果成功，将收入不菲。他听了，就马上带着兄弟们行动。果然，次洛刚从打箭炉出发不久，就被扎西跟上了。

次洛是第一次跑茶马古道。但当扎西的人马出现在他的马队身后时，他就明白了扎西的意图。

但次洛却一直不动声色。刚开始的时候，扎西的人马一直不紧不慢地跟在次洛的马队后面，后来，扎西干脆策马前行，和次洛一起走在队伍的前头。

次洛知道，扎西这样做有两个目的：一是想向他证明，自己的队伍是有实力的；二也是想向其他的强盗说明，这单买卖我已经占先了，请其他山寨不要再打这支马队的主意。

次洛就这样与扎西一起走着，不紧不慢，似乎很悠闲。

一天，到了一处高山之下，次洛招呼自己的队伍，大家全都停下休息，喝一会儿酥油茶，吃一点儿糌粑。队伍开始在山脚下生火热茶，扎西也吩咐自己的人马暂时停下来。

两队人马仿佛一个整体，不仔细看，还真的看不出什么来。

大家都吃得差不多了，次洛走向扎西，对扎西说："喝一点儿酥油茶？"

扎西点了点头，接过次洛递过的茶碗。

次洛说："吃一块糌粑？"

扎西接过糌粑。

次洛说："半个月了吧？"

扎西点了点头。

次洛望着扎西，说："你们山寨生意不错啊。"

扎西终于开口了，说："还行。"

次洛望着远处的雪山，说："我知道，你是势在必行。"

扎西又不再说话，只是望着次洛。

"那决斗吧。"次洛说。

扎西抬起头，好像很意外。

次洛说："我们两人决斗，可以避免其他兄弟的伤亡。我输了，这里所有的茶，你全带走；你输了，今后我在这条道上走，你就不能再打我们马帮的主意；打平了，我们结拜为兄弟，你还必须加入我的队伍。"

扎西有点儿犹豫，说："按规矩，决斗应该是两个强盗为争一票买卖才必须进行的。而现在，这里只有一个强盗。"

次洛微笑着看着扎西，说："那你就把我也看成是一个强盗吧。"

扎西站了起来，看着比自己低了一个头的次洛，说："这样，你可能会吃亏的。"

次洛骑上马，抽出腰间的藏刀，摆好架势，说："没问题。"

扎西已跃上马，抽出了藏刀。

余下的人，全都围在两个人的周围，中间空出了一块场地。大家都屏住了呼吸，除了马蹄的声音，几乎连空气都凝固了。

次洛和扎西同时策动了胯下的马。

两道寒光，犹如两道在空中舞动的白练，藏刀的身影在瞬间就充斥了所有人的眼。两匹坐骑在两个人的身下，急速地跟着节奏移动，仿佛一场早就排练过的演出。

突然，马蹄声停了下来。大家看到，次洛和扎西，都同时把自己的藏刀架在了对方的脖子上。

两人动也不动，只是默默地看着对方。

全场的人都睁大了眼。

扎西完全是一副不相信的神情。很久，他才缓缓地说："不可能，我们之间不可能战成平手！"

次洛的笑意又涌现到了脸上。

扎西冲着次洛说："你知不知道，这么多年来，只有 15 年前一个运茶的马帮首领和我战成了平手。其他的人，全都是我的手下败将！"

次洛说："这我知道。"

扎西望着次洛，惊惧地说：“你怎么知道？”

次洛说：“那个和你战成平手的人叫普布，是不是？”

扎西不再说话。

次洛又说：“普布是我爸。”

扎西低下了头。

次洛说：“按惯例，我们战平了，是应该结拜为兄弟的。”

扎西摇了摇头，说：“只有两个强盗战平了才能结拜为兄弟。我是强盗，而你不是。”

次洛说：“不知你听没听说过拉萨附近，有一个叫达娃的强盗头子？”

扎西望了望次洛，说：“知道。”

次洛说：“达娃就是我的另一个名字。”

扎西当即张大了嘴巴。

顿了一会儿，次洛说：“我也是上个月才被我父亲说服，开始真正做生意的。”

扎西惊讶地望向次洛。

随后，两人翻身下马，用手指拉钩。在藏民族的习俗中，人的手指是与心脏相连的，手指拉手指，就代表心连心。

从此，茶马古道上就多了两个兄弟，少了两个强盗。只是有一个情况，可能除了次洛和扎西，永远都没有人知道。其实，当时次洛和扎西的刀同时架在对方脖子上的时候，次洛的刀，离扎西的脖子更近。

室友赔饭

我出生于一个农村贫困家庭，上大学后，家里每月只给我60元钱的生活费。就这每月的60元也要靠父母东拼西借，所以，很多时候我不能保证每月按时拿到这钱。为此，我必须在每月结束时留有余钱，否则，下个月开始几天就有可能挨饿。

谁都明白，每月60元的生活费对于20世纪末大城市的消费水平意味着什么。

更让我自卑的是，我们寝室4个男生，除了我，杨斌、曹昌健和张涛都来自城市家庭，他们都能尽情地消费。而我每顿的饭菜必须拣最便宜的买，肉食更与我无缘。然而，强烈的自卑又换来我极端的自尊。我害怕同学尤其是室友看到我的窘境。每到吃饭时间，我都尽量避免与室友碰面，即使偶尔碰见了，我也会找各种理由避开，直到看到他们 3 人去食堂有一阵了，我才拿着饭盒独自一人前往。打好饭便躲到食堂那个角落去吃，这儿大多是外系或外班的学生，而且很多都是跟我一样的穷学生。

然而，这种局面在维持了 3 个月后被打破了。

星期五那天中午，我刚走到那角落里开始默默吞咽的时候，一个冒失的家伙突然从我身后撞了过来，我的饭盒连同只吃了几口的饭菜一起“啪”地掉在了地上。这一盒饭掉了，我心疼不已，正要大发怒火，一抬头才发现是我室友杨斌和曹昌健两人在一前一后追逐。看到他们，我的火气一下子没了，脸“刷”地红了。没等我开口，撞倒我饭盒的杨斌连声道歉说：“对不起，对不起……”“你撞掉了人家的饭，光说对不起有什么用，还不赶紧打盒饭来！”曹昌健催促杨斌道。“不用，不用……”可我话还没说完，杨斌立马从地上抓起我的饭盒就跑到卖饭窗口去了。一盒饭掉了岂能让同学赔，那不让别人笑话我吗？我要赶过去阻止杨斌，却被曹昌健一把拉住：“别拦他，他这种冒失鬼就是得受惩罚！”正在我与曹昌健争执不休时，杨斌端着饭盒回来了。“耽误你吃饭了，对不起，你慢慢吃。我们走了！”杨斌将饭盒一递给我，他们两个又嘻嘻哈哈跑了。

我打开饭盒一看，一个大饭盒装得满满的，里面不但有回锅肉，还有一份黄焖鱼和几片油炸鸡块。那是我进大学以来吃得最好最饱的一顿。事后，我本想对杨斌说点感谢的话，可想来想去又实在不好说什么，只好玩笑似的说了一句：“杨斌，今天真不好意思啊，让你请了客！”本来，这事过去了就过去了。没想到的是，刚过了一周，这样的事又再次发生在我身上，情形与上次差不多。只是，这次是张涛追曹昌健，撞掉我饭盒的是曹昌健，赔我饭菜的自然是曹了。

回寝室后我没说什么感谢之类的话，我问他们：“你们咋喜欢在食堂里追逐呢？”“我们看到一个最新资料，说是饭后马上跑步利于消化，有益健康，所以……要不，你也加入我们的饭后跑步？”他们明知道我平时就是一个不爱活动的人，更何况对于本就没吃得很饱的我来说哪用得着跑步来消化。“我才不相信那些呢。”我装做不屑地说。

后来，他们饭后跑步的把戏让我渐渐产生了怀疑。因为再下一周，杨斌和曹昌健两人追张涛，张涛又成了我的“冤大头”。饭菜依然那么丰盛，至少都有3样肉食。食堂那么多学生，没听说他们撞倒别人，却偏就撞倒我的饭盒？而且每周都是在星期五？

如果前三周还仅是怀疑的话，那么从接下来的第四周、第五周、第六周……我都会在星期五的中午被他们3人中一人的撞，而且从3人轮流撞我的规律来看，我断定他们是早有预谋的。

因为忙于期末考试，我一直没来得及揭穿他们。寒假离校的前一天晚上，我下定决心将这事抬了出来。见我摆出一副不达目的誓不罢休的架势，他们最终不得不承认了他们确实是有“阴谋”。

原来在前3个月，他们就已经注意到我吃饭时的异常，后来终于发现了真相，而且又弄清了我的家庭情况，3人便合计出了一个恰当的“计谋”：轮流赔饭，让我每周打一次牙祭。

“实在对不起，明凯，我们是真想帮你，但又怕你不接受，所以……你不会怪我们吧？”此时此刻，我还能说什么呢，只能任眼泪哗哗地往下流……

有花儿记得一路的温情

那一年考到北京读研的时候，她曾经有过犹豫，每年6000元的学费让她徘徊了许久。最终，强烈的求知欲望让她决定贷款供自己再读3年。

班里总共12个人，清一色全是女孩。每日读完书，一群女子最乐意做的，就是聚在一起唧唧喳喳讨论时尚衣饰、明星运程、旅游名胜。她喜欢这群热情的女孩，她亦喜欢安静地坐在她们旁边，听她们得意地挑着眉胡吹神侃。她从没有因为自己经济困窘，而自动地与她们这一群生活优越的女孩分清界限。而她们，也从没有因为她衣着朴素，而不屑与她聊起新款的阿迪、耐克。许多人在校园里，看见这样一群携手招摇过市的女子，常常会惊叹竟然还有如此心心相印的一群，简直像枝头的一簇花儿一样。女孩们站在一起像一株白玉兰，大朵大朵的花绽放开来，便是一个烂漫的春天。

但她还是在那一年的秋天里偶尔感到了一丝想要逃避的凉意。她从她们的口中，了解了全国各地许多好玩的去处和诱人的小吃。她们怀揣着诚挚的浪漫，决定在这3年里，将12个人所住的城市，不仅逛遍，而且吃遍。这个决定一出来，她便有些黯然，她不知道如何向她们解释，她从来没有将钱浪费在出行上。况且，每到一个城市，便由“东道主”负责一切旅游费用的豪爽策略，亦是她无法承受的。但她的确不想扫大家的兴，只好悄无声息地退到一边去，等着她们商量出最终的行程路线后，再找一个合适的理由退出。

最终，她们决定抽签来确定3年的旅游线路。她依然记得那一个秋日的清晨，她与她们坐在银杏飘香的窗前，等着班长将12张写有数字的纸条揉成一个个小小的球。她希望自己能够抽到最后一个，这样，她就可以用3年打工攒下的钱，请这些好姐妹，逛一次自己的小镇。尽管那个小镇里没有高楼大厦，没有长长的购物街，但那里有青山绿水，她可以带她们在小溪旁的绿地上宿营，点起篝火。唱歌或者笑成一团。可是，她更希望自己在抽到后，能够找到一个不伤害彼此感情的理由，做这一梦想的旁观者——因为金钱。

班长将12张纸条郑重地放在桌子中间，很酷地一伸手，指指坐在身旁的她，笑道：“今天我这班长，为自己谋点私利，谁有幸挨在我右边，谁就先抽。”她看一眼眉飞色舞的班长，笑一声，便将手伸向桌子，又略一停顿，便拿起其中的一个。她刚一拿起，其余11只手，便飞速地将纸团全部捏起。她还没有打开，周围的人便高声嚷出了自己的顺序。班长则在一旁，迅速记了下来。大家挤闹成一团，她是最后一个将自己的号码告诉班长的。事实上，不用告诉，班长也从记录里断定她是最后一个了。她的确幸运地成了最后一个。她想，3年的时间，足够她挣一笔路费，请她们去安静的小镇上玩。这应该算是自己回馈给她们这份姐妹情谊最好的礼物了。

她跟着她们，在这3年里，走了许多个城市，上海、广州、厦门、西安、南京。每到一个女孩的家乡，她们的父母都会尽最大的热情来招待这一群手足情深的女孩。吃饭、住宿、车票，全都给她们免掉。她们所要做的，就是跑遍整个城市，且将它所有的特色之处，一一收进记忆的行囊。她在这样的愉快里，总会下意识地摸一摸口袋，那里有她专门的一个卡，卡中是她一点一点积攒的一笔钱。她知道，当毕业来临，她的钱也就够了。

3 年的时间很快过去。在这 3 年里，每一次集体活动，她都会参加，她都没有为费用而发愁，因为她们有那么多的理由找人买单。这群女孩，充分发挥着小女子的活泼，赖着自己的老师、学长、朋友、父母，请这“浩荡”的一群，吃饭游玩甚至买喜欢的纪念品。

终于轮到她来买单的最后一次旅行。她将攒好的 2000 元钱点了又点，知道足够来回的路费，便微笑着给她们发短信说，我们去做最后一次旅行吧。那时的她们，正在为各自的工作四处奔波，但为了这次驶向终点的出行，11 个女子从全国各地聚拢了来。就在出发的前一天，导师突然打电话给她，说：“你们可真是不讲义气的小女子，这最后一次出行，也不邀请我去。”她呆愣片刻，随即愧疚，说：“老师，如果您真能抽出空来，跟我们一起去，大家都会高兴坏了呢。”

那次出行，女孩子们轮番拍导师的马屁，直拍得导师假意嗔怒：“早知道你们心里的花花肠子了，放心吧，我会大方地把没花完的经费拿出来，赞助你们来回路费的。”一群女子皆哗哗地鼓掌，说：“我们替小妹谢谢老师哦。”接着她们一脸羡慕地转向她，说，“小妹，到了小镇，你可要好好做一桌家乡菜，感谢我们为你大力拍马屁哦。”一车厢的人皆笑，而她却在这样的幸福里，扭头落下了眼泪。

离别两年后，她上网，看到一个同门师妹的博客，讲起她们声名远播的“金陵十二钗”，这才知道，她们为她守了一个怎样的秘密。那次抽签，所有的纸条上都写着“12”。甚至，在最忙的毕业前夕，她们集体去求导师，让他帮忙，给她最后一个免费出行的理由。她们为她，在 3 年里编下多少个理由、买下多少次单，她都记不清了。但她却知道，那朵永远不会绽放的秘密之花，会记得这一世都不会凋零的温情。

重　逢

休和查利是我大学时期最要好的朋友。休与我已保持了四分之一世纪的友谊，而查利则在 15 年前从我们的生活中消失。15 年后，我和休重新找到了查利，也重新找到当年的友情。

我们 3 人第一次见面大约是在 30 年前的斯沃思摩。我当时才 17 岁出头，是个胆小内向的布鲁克林技校毕业生，来到这所小型的教友会学院时，别人已经第二学期开学。在教学主楼的教室里，两个男孩使我吃了一惊。他们似乎象征着整个学院的风度：休正对约翰·东尼那些深奥的诗作大发议论，查利则专注于吐出一串串烟圈。我对这些都是一窍不通。他们比我大两岁，看上去比我懂的多得多。休长得酷似影星马龙·白兰度，不过无论是他本人或是其他人都很清楚，他肯定会成为一名作家。查利满头微卷的红发总是乱蓬蓬的，似乎有不少比仪表更重要的事得去考虑。他今后很可能成为心理学家，但那时正被小说家菲茨杰拉德的生活方式和出众的才华所吸引。

接下来的几个月里，我们 3 人不停地交换着讨论的话题——上帝、文学、人性，以及最热门的主题——姑娘。我认为正是这种整日整夜的长谈使我们早先的友谊牢不可破，因为这种友情需要大量的时间在一起，这在后来的日子里就难以办到。此外，还有参加辩论的冲动，以及表现自己欲望和对新思想新观点的接收。

我和休都是纽约人，出生于忠实的犹太教徒家庭，查利则是波士顿一个爱尔兰天主教家庭的独子。他的母亲是一位瘦弱的护士，很少与儿子交流思想；他的父亲已经住进了一所精神病疗养院，事实上也再未离开过那里。那些年，我和休都有了不少改变，但基本上依照的是传统文化。查利的成就是最令人吃惊的：他几乎在短短数年中，就重新塑造了自己。

查利最先结婚生子。1955 年，他与一位南方女子结合，我充任男傧相。数以百计的宾客们身着盛装，围在新娘身边；查利则只有他的母亲、姨母、姨父，再就是我的一家和休。

5 年后，从第一次婚姻的失败中摆脱出来的查利来到了纽约，从事心理学方面的研究。他终于再一次结婚——新娘是一位优雅含蓄的女士，她对我们 3 人之间那种亲密而喧闹的关系似乎颇为不快。当我们各自组织自己的小家庭时，查利的新夫人渐渐把他引出了我们原先的圈子，我和休一直很忙，根本无暇注意到在我们之间发生的一切，直到有一天忽然发现查利夫妇已与我们失去联系。

15 年过去了。休已是一位成功的小说家，我则是一名出版商。在一次晚会上，我邂逅了一位熟知我们过去的女士。“你知道查利的消息吗？”她说，“他又离婚了，眼下住在安纳波利。”

我走进隔壁房间，打电话找到了休。我俩一致认为，无论查利是否愿意和我们见面，我们都应该去看看他。我很快设法搞到了他在安纳波利的电话号码，带着少许紧张与兴奋拨通了电话。“我和休想去看看你。”我结结巴巴地拿着话筒说道。“什么时候？”那熟悉的声音答道，仿佛我们昨天刚刚聊过。

我和休抵达华盛顿机场时，查利已经在等着我们了。明显发胖了的身材，稀疏的，却是红褐相间的头发，查利站在那儿，神态一如往昔。我们同时发出惊喜的叫声，仿佛小孩子赢得了少年棒球队冠军。3个人旁若无人地大喊大叫，笑着、拥抱、亲吻，然后挽着臂膀。我们感到自己无可匹敌，又成了重新聚会的“三巨头”！我们钻进汽车，查利兴奋之余，向我们滔滔不绝地讲述着他15年来的各种经历，以至于错过了高速公路的岔道，使我们在到达安纳波利前不得不绕了30英里的弯路。查利告诉我们，他的父母都已过世，他也曾希望第二次婚姻能使他重新振作精神，但几个孩子出世后又告分离，他再一次过起了孤独的生活。

我和休在旅馆登记住宿，仍用当年大学里的老办法决定床位：抛硬币。查利笑了：“嘿，我买了这个。”3只完全相同的礼品盒里，装着3条一模一样的领带：栗色的底，印着蓝色的条纹。尽管天灰蒙蒙的，正飘着细雨，我们仍然雀跃着把领带打上，顿时又成了3位神采奕奕的“三剑客”。

我们又手挽手地在安纳波利的街道上闲逛。在一家餐馆里，我们用最大号的酒杯喝葡萄酒。我看见休和查利像我第一次遇见他俩一样又肩并肩坐在了一块儿，对作家们的作品大发评论；而我也和从前一样，像个学生似的静静地坐在一旁聆听着兄长们的高谈阔论。我们接着喝酒，继续逛街，试橱窗里的帽子，看绘画展览，四处溜达；我们饮啤酒，吃成打儿的牡蛎，在当地的大学和海军学院里，我们被年轻人包围着，一瞬间我们又回到了自己的青年时代。

那天晚上，我和休躺在旅馆的床上，回顾着我们3人之间不同寻常的友谊。我们尤其想弄明白许多年前我们是如何互相影响的。最后我俩都感觉到，从查利那里学到了谈吐隽永，那种讽刺式的幽默感把幽默与趣味带进了我们的思想与语言之中。

第二天早晨，我们在查利的小公寓里和他共进早餐。我告诉了查利前一晚我与休的谈话，查利笑了。休看着查利，静静地说：“查利，如果说我俩从你那儿学到了不少东西，你又从我们身上学到了什么？”

查利凝视着我们：“我想你们应该知道，”他说，“友情。”

天涯兄弟

1993年9月，我辞掉佛山雅丽酒店的工作，来到江门的伊藤精密制造公司，找到在那里当质检员的老乡张小红，希望能通过她的介绍，在公司找份工作。

我隔着黑色铁栅栏和张小红说了不到20分钟话，保安就朝我们厉声吆喝起来。匆忙中，张小红塞给我50元钱，歉意地说：“你自己在外吃顿饭吧，我不能陪你。公司在11月上旬要招一批人，到时你再过来试试吧。”说完，她就边回头边碎步往公司里跑。

我离开伊藤公司，来到一条河边，顺着水流的方向行走。我看见前面有一片葱绿的甘蔗林，决定在那里休息片刻。

甘蔗林里密不透风，坐了一会儿，我就汗流浃背了。我四下张望，没有发现一个人，便脱得一丝不挂地跳进河里。畅游一阵后，待正要上岸时，我骇然发现甘蔗林边上站着一个满脸大胡子的青年。他手中拎着我的衣服，口里发出“哈哈”的嘲笑。

我狼狈不堪地僵立在浅水中。思忖后，我说：“兄弟，你也是替人打工的吧？我给你50元钱，请将衣服还给我。”

青年将衣服往后一抛，叉开腿，傲慢地说：“你可以和我比武，你若打赢我，衣服就归你。”我打量他站立的姿势，不像是习过武的人，而我在家，好歹跟大哥学过几招。受此羞辱，火气就冒上来了。

我爬上岸，侧身避开他一拳，左手在他裆部虚晃一下，趁他双手护裆的空隙，右手迅疾钳住了他的喉咙。青年立即软在地上。

我穿上衣服，走出十几步远，只听见那青年在背后喊：“喂，你是找工的吗？我们老板要招守护员。”

这是个不错的主意，不仅有了落脚的地方，关键是随时可以留心伊藤公司的招聘消息。

那个青年叫张桦林，原是吉林省延吉市清河林场的一名伐木工人。因为他只有小学文化，除了一身力气没别的技术，在广东打工 3 年，没有赚到什么钱。而他当初离家的目的，是想在外赚笔钱，然后回老家盖房子娶媳妇。

自河边较量，我“一手封喉”制服张桦林后，他对我就恭顺起来。后来，他发现我没事就掏出笔在本子上龙飞凤舞地写个不停时，更是对我佩服得五体投地，称我是“文武状元”。

我们的任务是在甘蔗林四周巡逻，一是防盗，二是防火。快成熟的甘蔗叶片枯黄，稍有不慎，就会发生火灾。

常常，我俩巡逻了几圈后，就收集一些干枯的甘蔗叶子，铺在河滩上。我们头枕手臂，看满天繁星。桦林特别能睡，往往头一沾地，就鼾声如牛了。我因思念家人、忧虑前途而难以入眠。有一回，桦林醒来后，发现我坐在河边，就轻轻挨着我坐下来，说：“光明大哥，你是在想老婆了吧？我给你介绍一个。”

“我已经有女朋友了。”

“你不要骗我。有了女朋友怎么还出来打工呢？我不相信。”桦林说，“我有一个妹妹，今年 19 岁，头发齐屁股，读了初中。林场有 30 名女工，就数我妹妹最漂亮、文化水平最高。我妹妹困在那深山老林里可惜了。”他说着，从口袋的钱夹里掏出一张照片，并揿亮打火机照给我看。当他确信我有女朋友后，边装照片边说：“如果你能娶我妹妹，我就放心了。”

守夜守到第 25 天的时候，发生了一件事，我差点丢了性命。

那晚，已是下半夜 3 点，一天中最寂静的时候。我和桦林朝两个方向巡逻，然后在中途汇合。大约凌晨 4 点，我发现有 6 个人从河里爬上岸后，其中两人各提一只塑料壶，沿着甘蔗林浇着什么。还没待我反应过来，一团大火就腾空而起。

我提了砍刀就朝他们追过去。对方一个人朝我大骂：“你找死呀。”另一个说：“碎了他。”我大喊“桦林”，一边和围上来的人搏斗。对方人手一根一米长的铁棍，我根本近不了他们的身子，过了两招，我的刀就被他们打落了。同时，我的膝盖上挨了重重一棍，紧接着，背上又挨了两棍。“不要留活口。”对方吼叫着。

就在我感到恐怖和绝望的时候，桦林带着另两组守护员奔了过来，他挥着砍刀朝对方猛劈。有一个人躲闪不及，大腿上挨了一刀，另 5 个人纷纷逃跑。

“桦林，你若晚来一步，我就死定了。”我躺在病床上说。

“如果是我碰上这伙人，你也一定会舍命相救的。”

出院后，我在小酒馆里要了几样菜，用饭盒装了，来到河滩上。我举起一瓶啤酒，对桦林说：“桦林，谢你救命之恩。”桦林仰头灌了半瓶啤酒，拉着我的手说：“光明大哥，别说谢的话。认识你三生有幸。我们是生死与共的兄弟。”这天晚上，我俩共喝了16瓶啤酒。临走时，我们将空酒瓶扔进河里，河水灌进酒瓶内发出咕噜咕噜的声音。

隔上两三天，我就到伊藤公司门口打听有没有招聘信息。桦林也跟着我去，他想进公司，又担心没文化考不上。“公司那样大，干什么都要人，机会总会有的。”我安慰他。

我在甘蔗林当守护员刚好满一个月的时候，伊藤公司贴出了招聘启事，共招20名。我和桦林报名时，门口已经有近百名应聘者。我先桦林进去面试，并顺利地被公司录用做一名钳工。轮到桦林进去时，他的双腿发抖。15分钟后，他垂头丧气地出来了，他低着头不说话，只顾往前走，走到河边，他突然蹲下去，抱着头呜呜痛哭起来，说：“他们说我四肢发达，只有一种本领，那就是吃饭。”

我无言以对，因为下午就得去公司上班，也就没时间顾得上多去劝慰桦林。进了伊藤公司后，我常常惦记着桦林，但公司管理非常严格，没有特殊情况，是不能迈出公司大门半步的。

一天，门卫叫我去会客室。隔了铁栅栏，我看见桦林站在外面，看样子，他已经摆脱了没能进入公司的苦恼。桦林知道不能久留，就神情羞涩地求我办件事。原来，桦林爱上了甘蔗林作业组里的一位湖南妹，他们在一块约会过几次。那女孩读过初中，很喜欢桦林。桦林想向女孩求爱，便来找我帮他写封求爱信。

“你是真心爱她吗？”

“我可以对天发誓：她若要我的命，我立即给她。”

“下午你来拿信。”

下午，公司下班时，我远远就看见桦林站在铁栅栏外。他接过信，如获至宝，手舞足蹈地往回跑。大约过了10天，门卫通知我见一个人。推开门卫室的门，我看见桦林胡子刮得精光，穿着一尘不染的白衬衣坐在长椅上，一个皮肤麦黄、头发浓密的女孩亲昵地偎着他。

“光明大哥，谢谢你了。”桦林站起来，朝我鞠了一躬，同时用肘碰了碰女孩。女孩低着头，红着脸，轻轻叫一声“大哥”，就将脸藏在桦林背后。“我今天是特地来告辞的，我明天带荷英回吉林老家。”

“桦林，好好过日子，好好待荷英。”我朝桦林的肩上轻擂一拳。

近年底的时候，我收到桦林寄给我的一个包裹：一袋三道眉葵花籽，足有20斤重。他曾告诉过我他的家乡家家户户都种三道眉葵花籽。葵花籽里面有一封信，信中有一张照片，那是桦林一家人的合影，桦林和荷英并肩站在他的父母后面。

信写得很短：

光明大哥：

难忘你的真情厚意和大恩大德。有机会一定和嫂子来我家住一段日子。

祝你身体健康、万事如意、家庭幸福！

桦林，荷英

1993年12月12日

令我忍俊不禁的是，他们的名字上还按了两个浅红的手指印。看那娟秀的字迹，我猜想一定出自荷英之手；而那率真的口气，显然出于桦林之口。想到桦林口授、荷英执笔的情景，一股巨大的幸福热流奔向我的心房。

消雪时分的朋友

两个十分了得的朋友先后遇到坎儿，朋友甲进了拘留所，朋友乙进了监狱。一时间，素日围在他们身边靠他们吃喝的那些狐朋狗友作鸟兽散，也有一些人起初未显薄情，嘘寒问暖，打点关系，帮助照顾家里人。但这样的人终归还是越来越少了。朋友甲出来得快些，也不过是8个月，不离不弃的朋友落了有四五个。朋友乙经过不屈不挠的申诉，两年后逃脱囹圄，他的朋友只剩一两个而已。

物是人非，大家聚在一起喝酒，都感慨着世态炎凉。朋友甲或许是自觉友多，便安慰乙。乙道：“迟饭是好饭。这时的朋友少不见得是坏事。眼儿大的箩筛着顺，但筛出的杂屑就少；眼儿小的箩筛得虽然涩，但筛下的肯定都是好面。”

听到这个故事的时候，我正坐在阳台上看天纷纷扬扬地落雪。“绿蚁新醅酒，红泥小火炉。晚来天欲雪，能饮一杯无？”这是几乎人人皆知的《问刘十九》。白居易在未雪之时，煮酒以待将至的朋友。酒蚁碧透，火色正艳，朋友来到围炉而坐，絮话夜谈，窗外的雪这时候已经飘起来了吧，酒香染着雪舞，优美而浪漫。这时与你对坐的朋友会是什么样的人呢？可能是什么样的人呢？实际上又是什么样的人呢？

把朋友的种类和雪联系在一起，我突然觉得无法想象。晴天，和你聊大雪、小雪、节气、风向的朋友，该是那种最一般的衣食茶米的朋友吧？那么雪花飞舞中和你谈诗论道的朋友，该是那种怡情雅趣、弹筝抚琴的朋友；雪中牵手漫步的朋友，该是知己；雪中送炭的朋友，该是挚友——这是朋友中最深情的一种了吧？

然而，不，还有雪后呢。记得有一年大雪连连，在雪中大家还呼朋引伴地出去闹雪。雪住之后，温度陡降，雪路肮脏，每日房檐下响着悠长而清脆的雪化声。不得不出门的时候，裤脚必定要粘上泥浆。于是，大家都在屋里安分地待着，很少再有人去那冰冷凛冽的世界踏步。“下雪不冷消雪冷”，俗话总结得多么准备，宛若短暂的灾难来临时，会有许多人凭余热相助。但若一直陷在井里，愿意伸出的手就会越来越少。

消雪时分，是极致的寒。在消雪过程中站立的人，宛若裸体，其脆弱孤独不言而喻。而有太多的人习惯锦上添花，有许多人习惯雪中送炭——这是另一种锦上添花。然后，便是庸常的消雪时分：一捆木材，一叠铜板，一双旧靴，一块方巾，一壶开水，一碗咸菜……再来临的朋友，还是朋友吗？他就是印在你生命骨脉里的亲人，就是和你用心灵建造起血缘关系的亲人，就是值得你用全部诚挚的热泪来拥吻的亲人。

我尊重衣食茶米的朋友，欣赏弹筝抚琴的朋友，喜欢牵手漫步的朋友，珍视雪中送炭的朋友。而我最想要的是消雪时分的朋友。希望自己如果将来遇雪，也会有一些消雪时分的朋友，哪怕只有一位，我也会视为莫大的幸福。——固然不希望朋友遇雪，但当大雪飘飘，我希望我就是那种消雪时分的朋友，那种在寂寞的夜晚敲响朋友门环的朋友。

因此，当心里暗暗希望能和那个人成为朋友而又因此人气势正盛不想靠近时，我就会不无卑鄙地想：若是他正处在消雪时分，那该多好啊。那时，我的脚印镌刻在一片泥泞之中，一定会清晰得如一朵朵梅花。

最后一块钱

卡姆是我童年的朋友，我们俩都喜爱音乐。卡姆如今是一位成功人士。

卡姆说，他也有过穷困潦倒只剩一块钱的时候，而恰恰是从那时开始，他的命运有了奇迹般的转折。

故事得从上世纪70年代初说起。那时卡姆是得克萨斯州麦金莱市KYAL电台的流行音乐节日主持人，结识了不少乡村音乐明星，并常陪电台老板坐公司的飞机到当地的音乐中心纳什维尔市去看他们演出。

一天晚上，卡姆在纳什维尔市赖曼大礼堂观赏著名的OLEOPRY乐团的终场演出——第二天他们就要离去了。演出结束后，一位熟人邀他到后台与全体OPRY明星见面。“我那时找不到纸请他们签名，只好掏出了一块钱，”卡姆告诉我，“到散场时，我获得了每一个歌手的亲笔签名。我小心翼翼地保存着这一块钱，总在身上带着，并决心永远珍藏。”

后来，KYAL电台因经营不善而出售，许多雇员一夜之间失了业。卡姆在沃思堡WBAP电台好不容易找了个晚上值班的临时工，等待以后有机会再转为正式员工。

1976年到1977年的冬天冷得出奇，卡姆那辆破旧的汽车也失灵了。生活非常艰难，他几乎囊空如洗，靠一位在当地超级市场工作的朋友的帮助，有时搞来一点过期的盒饭，才能勉强使妻小不挨饿，零用钱则一个也没有。

一天早晨，卡姆从电台下班，在停车场看到一辆破旧的黄色道奇车，里面坐着一个年轻人。卡姆向他摇摇手，开车走了。晚上他上班时，注意到那辆车还停在原地。几天后，他恍然大悟：车中的老兄虽然每次看见他都友好地招手，但似乎没有从车里出来过。在这寒冷刺骨的下雪天，他接连3天坐在那里干什么？

第二天有了答案。当他走近黄色道奇时，那个男人摇下了窗玻璃，卡姆回忆：他作了自我介绍，说他待在车里已好几天了——没有一分钱，也没有吃过一餐饭；他是从外地来沃思堡应聘一个工作的，不料比约定的日子早了三天，不能马上去上班。

“他非常窘迫地问我能否借给他一块钱吃顿便餐，以便挨过这一天——明天一早，他就可以去上班并预支一笔薪水了。我没有钱借给他——连汽油也只够勉强开到家。我解释了自己的处境，转身走开，心里满怀歉疚。”

就在这时，卡姆想起了他那有歌手签名的一块钱，内心激烈斗争一两分钟后，他掏出钱包，对那块纸币最后凝视了一会儿，返回那人面前，递给了他。“好像有人在上面写了字。”那男子说，但他没认出那些字是十几个签名，装进了口袋。

“就在同一个早晨，当我回到家，竭力忘掉所做的这件‘傻事’时，命运开始对我微笑，”卡姆告诉我，“电话铃响了，达拉斯市一家录制室约请我制作一个商业广告，报酬500美元——当时在我耳里就像100万。我急忙赶到那里，干净利落地完成了那活儿。随后几天里，更多的机会从天而降，接连不断。很快，我就摆脱困境，东山再起了。”

后来的发展已尽人皆知，卡姆不管是家庭还是事业都春风得意：妻子生了儿子；他创业成功，当了老板；在乡村地区建了别墅。而这一切，都是从停车场那天早晨他送出最后一块钱开始的。

卡姆以后再没见过那个坐破旧黄色道奇车的男子，有时不禁遐想：他到底是一个乞丐呢，还是一个天使？

这都无关紧要，重要的是：那是对人性的一场考验，而卡姆通过了。

“需要资金吗，今天？”

我是一个特别喜欢浪漫的人，所以手机里少不了存着许多风花雪月的短信。但我存得最久、直到现在都舍不得删的一条短信却与风花雪月完全无关，那是一句如果不明前因后果甚至会让人觉得莫名其妙的话：“需要资金吗，今天？我去给你送钱，3000够吗？”

发送短信的日期是2003年4月15日。离现在已经一年多了。

2003年1月，我得了一场重病，停掉手里一切工作，做手术，住院。世人都羡慕白领时尚自由的生活，只有身在其中，才知什么叫“手停口停”。那时我才换了工作不久，又刚交了半年的房租，住院押金加治疗所花杂费，几乎让我立时捉襟见肘。我又骄傲惯了，从不在朋友们面前诉苦，自以为也没人看得出来。

就在用钱最紧张的时候，一个平时交往很好的朋友来看我。“缺钱不？”我只当他是普通的客气，所以很随意地答：“还好啦。”他又叮嘱说：“如果真缺钱就告诉我啊！”

我笑着点头，却并没有认真地记着他的话。

过了几天，忽然收到他发来的短信：“需要资金吗，今天？我去给你送钱，3000 够吗？”我心里没来由地一震，眼泪都快出来了。他是认真的啊！认认真真地、实实在在地想要帮助我。他知道我不会主动开口，所以特别再发短信来问——所谓患难之交，这就是了吧？

住院期间，时时收到朋友们的短信，多是殷勤问候、祝愿早日康复。知道自己并没有被人遗忘，心里也是觉得温馨的，但无论如何都不如那条短信让我感动，感动至今。

一年能有多少天？在这个以短信说话的时代，365 天可以收到多少条短信？可是这条短信一直安安静静地躺在我的手机里，我无数次地去翻看，甚至不去翻看也可以把它的每一个标点倒背如流，却始终舍不得删除它。

那么一种患难情谊，是这辈子也删除不了的吧？

结伴而行的鱼

张君是我的高中同学，大学毕业后，他分到银行，而我则进了检察院。我们是很要好的朋友。要好的朋友是不在乎谁付出多谁付出少的。

那时候，我们相互帮助，相互鼓励，在一个陌生城市里快乐地生活着。后来，我们都结婚了，更巧的是，我们的爱人都是白衣天使。他打趣说，你和我的心是相连的，不成朋友都难。

要不是他一时的冲动，这种友情会持续下去，真至天荒地老。

他为了买处上等的房子，挪用公款 8 万元……

反贪局调查他的时候，他说的第一句就是：我的朋友在检察院。这个朋友就是我，可我无能为力。法律对于朋友是无情的。

他的爱人多次找到我。看她那痛哭流涕的样子，我很伤心，毕竟他们结婚还不到 3 年，刚有了个小男孩。我只好反复做她的工作。最后她说："这是我们第一次求你，你给个明白话儿吧。"我坚决地说："这事我帮不上忙。"她擦干眼泪，冷冷地说："朋友有什么用！"那语调里是对"朋友"这字眼的绝望。那以后，她没来过我们家。

我偶尔去监狱看他，他拒绝了我的探视。他只是传话说：朋友有什么用。

我希望通过时间来填补法律的无情。每年的节日，我都会和爱人去探监，去看望他的爱人，尽管要遭受冷落。终于有一天，他无奈地说："算了，朋友本来就没有什么用的。"其实，我从骨子里了解他，在他内心深处是不愿失去我这个朋友的，正像我不愿失去他一样。

等他出狱那天，我和爱人都去接他。他的爱人一路上都在偷偷流泪。我说，上我家吧。他没有拒绝，也没有答应，随我上了回家的的士。那天，他喝得大醉。他问我："朋友有什么用呢？"我笑着说："没有什么用，朋友本来就是没用的。"他说："我不怨你。"我笑了，笑里面掺杂着泪水。

不久，他和他的爱人离开了这个本来就陌生的城市，去了另一个陌生的城市。我们很少再见面，偶尔有书信往来，都是些客套的话。他说，他和爱人都找到了一份还算可以的工作，孩子上了一所不错的小学，我们不必牵挂。那以后，我们彼此为了各自的工作不停地忙碌着，但那份情感是无法忘却的，有时候反而更浓。

前年，我生日那天，他寄来一封信，祝我生日快乐。信中夹着一朵风干了的牵牛花。他在信中说："你还记得吗？在校外的田野里，我们常常去摘牵牛花的，它象征平淡无奇的感情，早上花开，很快就凋谢了，但我们的友情虽然平淡可是不会凋谢。"我和妻子在烛光中读着这封信，泪流满面。

去年的国庆节，我们相约去爬泰山，在一个偌大的水库前驻足。那清澈的水里，一条条自由自在的鱼结伴而游。我们相视一笑，我们多像那一条条游着的鱼，只要能够结伴就行了，这也许就是朋友的要义了。

真正的友谊

1863年1月7日，恩格斯的妻子玛丽·白恩士患心脏病突然去世。恩格斯以十分悲痛的心情将这件事写信告诉马克思。信中说："我无法向你说出我现在的心情，这个可怜的姑娘是以她的整个心灵爱着我的。"

第二天，马克思从伦敦给曼彻斯特的恩格斯写回信。信中对玛丽的噩耗只说了一句平淡的慰问的话，却不合时宜地诉说了一大堆自己的困境：肉商、面包商即将停止赊账给他，房租和孩子的学费又逼得他喘不过气来，孩子上街没有鞋子和衣服，一句话，魔鬼找上门了……生活的困境折磨着马克思，使他忘却了、忽略了对朋友不幸的关切。

正在极度悲痛中的恩格斯，收到这封信，不禁有点生气了。从前，两位挚友之间常常隔一两天就通信一次，这次，一直隔了5天，恩格斯才复信，并在信中毫不掩饰地说："自然明白，这次我自己的不幸和你的对此冷冰冰的态度，使我完全不可能早些给你回信。我的一切朋友在这种使我极其悲痛的时刻对我表示的同情和友谊，都超出了我的预料，而你却认为这个时刻正是表现你那冷静的思维方式的卓越性的时机。那就听便吧！"

波折既已发生，友谊经历着考验。这里，马克思并没有为自己辩护，而是作了认真的自我批评。10天以内，当双方都平静下来的时候，马克思写信给恩格斯说："从我这方面说，给你写那封信是个大错，信一发出我就后悔了。然而这决不是出于冷酷无情。我的妻子和孩子们都可以作证，我收到你的那封信（清晨寄到的）时极其震惊，就像我最亲近的一个人去世一样。而到晚上给你写信的时候，则是处于完全绝望的状态之中。在我家里待着房东打发来的评价员，收到了肉商的拒付期票，家里没有煤和食品，小燕妮卧病在床……"

出于对朋友的了解和信赖，收到这封信后，恩格斯立即谅解了马克思。3天后，他给马克思的信中说："对你的坦率，我表示感谢。你自己也明白，前次的来信给我造成了怎样的印象……我接到你的信时，她还没有下葬。应该告诉你这封信在整整一个星期里始终在我的脑际盘旋，没有把它忘掉。不过不要紧，你最近的这封信已经把前一封信所留下的印象消除了，而且我感到高兴的是，我没有在失去玛丽的同时再失去自己最老和最好的朋友。”随信还寄去一张100英镑的期票，以帮助马克思度过困境。

双向的友谊

住在农村的小孩子通常都不会有太多的朋友，我哥哥吉姆和我就是如此。幸运的是，我们年龄相差不多，因此成了很好的玩伴。但我们一有空儿仍然会骑自行车到一英里以外的邻村去找一个年纪相仿的孩子一起玩，那是一个叫布莱恩的男孩。他父母都是农民，他有一大群哥哥姐姐，还有一个小弟弟。

有朋友相伴的夏季过得格外有趣。关于布莱恩早期的也是最有趣的记忆，是我们六七岁时在前院一起玩垒球的经历。我仍清楚地记得布莱恩像一阵风一样，光着脚在各垒间奔来跑去的情景。

当然，我们的友情不仅仅局限于夏季，我们上的是同一所学校并且乘同一部校车。我不记得是什么时候发现布莱恩患了肌肉营养障碍症的，只记得那时我们还在上小学。一切好像就在突然间发生了。看着我们曾经那么健康的玩伴一天天衰弱下去，直至不能再做那些一年前他还十分喜欢做的事情，我们的心情也变得越来越沉重。

上初中第一天的情景令我终生难忘。校车来到布莱恩家门前的那一站，我们伤感地默默望着布莱恩努力挣扎着上车。最后，坚强的他终于在手和膝盖的支撑下“爬”上了车。而在上个学期末，他上车的时候只是稍稍有些吃力而已。

随着年龄的增长，布莱恩的情况越来越糟，他开始不得不坐轮椅了。但是他却绝不让自己被轮椅所束缚。轮椅只是他的腿，而不是他的障碍。他父母为他买了一个机动三轮车，这样他就可以在乡村自在地“奔跑”了。布莱恩大约13岁的时候，有一次他开着那辆三轮车爬上了我家前院的小斜坡，这时三轮车却突然向后翻了过去，他被摔在了地上，车子也扣在了他的身上。我狂奔到他跟前，一边哭着叫人来帮忙，一边紧张地想他是否还活着。听到我的尖叫声，我哥哥也跑了过来。布莱恩双眼紧闭，一动不动。

我抽泣着拍打他的脸颊，喊着他的名字：“布莱恩！布莱恩！你怎么样?”布莱恩睁开眼睛，憨笑着说：“嘿，把三轮车扶起来，让我坐回去!”

我哥哥破涕为笑，布莱恩也笑了起来。他喜欢逗大家笑，并且总是能迅速地把我逗笑。可是这一次我却没有被他的玩笑逗乐。

渐渐地，布莱恩的手臂也衰弱了下来，很显然他需要另外一种交通工具了。我母亲想到了一个主意，于是，我和哥哥便着手行动起来。我们在咖啡罐上贴上他的名字并请大家募捐。将这些咖啡罐在这个1500人的小镇上分发之后，我们很快就凑到足够的钱为布莱恩买了一辆高尔夫球车。在其他的孩子们都已经拥有自己的第一辆小汽车时，布莱恩则开着他的高尔夫球车四处走动，不论白天黑夜，不论刮风下雨。

等到我们都上高中的时候，帮布莱恩做准备和去学校又成了一个挑战。他已经不能再乘校车了，而且他不断增长的身高和体重也使他的父母很难再抱得动他了。我哥哥于是承担起了这项任务。每天早上，吉姆都会到布莱恩家帮他起床、穿衣服并把他送进车里。布莱恩的妈妈会开车把他们俩送到学校，然后由吉姆把布莱恩扶出车外，帮他坐到轮椅里。当我哥哥拿到驾驶执照后，便由他来开车送布莱恩上学和回家。吉姆从来没有把布莱恩看作是负担，而只是他的朋友。同样，布莱恩也是我哥哥的忠实好友。一年又一年，不论春夏秋冬，我哥哥不辞辛劳地帮助着布莱恩，除了友情他别无所求。他们之间已经形成了一种可以保持终生的友爱和尊重。在他们高中毕业的时候，我和吉姆讨论了毕业可能会给布莱恩的生活带来的改变。我担心布莱恩从此以后会形单影孤，毕竟他的基本社交生活除了家庭，主要来自学校。吉姆向我保证说他会经常去看布莱恩，他们的友谊一定会持续下去。我哥哥遵守了自己的诺言。高中毕业后，吉姆在当地找了份工作，并与布莱恩保持着固定的联系。他仍在布莱恩需要的时候及时给予他无私的帮助，而且，同样重要的是，他们继续一同分享着“属于男人的时间”。再后来，我哥哥结了婚并有了3个孩子——2个男孩，1个女孩，布莱恩却一直没有结婚也没有孩子，但是他一直都是吉姆家的一分子。

布莱恩30岁刚过没多久，就永远地离开了我们。他的葬礼在一个小小的乡村教堂举行，他的家人和朋友们都到齐了。葬礼过后，我和哥哥被邀请参加在教堂旁边举行的家庭聚餐。与布莱恩的家人一道追忆往事，勾起了我们许多美好的童年记忆，我们又想起了那个教我们如何接受挑战，并始终笑对世界的男孩。

那天晚上，我静静地坐在父母家的餐厅里，回想着布莱恩的葬礼和他的一生。我父亲拉过一把椅子问我布莱恩一家的情况，我给他讲了那一天的情形，以及与他家人在餐桌上共同分享的回忆。

“上学的时候和那以后的日子吉姆都一直在帮助布莱恩。”我告诉父亲说，“对于布莱恩来说，他真的是一个好朋友。”

父亲奇怪地看着我。“你大错特错了。”他说，“友谊是双向的。他们在彼此的友谊中都受益匪浅。是布莱恩让吉姆懂得了什么是真正的友谊以及如何去忽略一个人的残疾。他仅仅通过做你们的朋友便教给了吉姆和你很多东西。你们能够认识他实在是很幸运的一件事。”

父亲是对的。

无论什么时候想起布莱恩，他在我脑海中从来都不是坐在轮椅中的样子。我看见他坐在三轮车上穿过稻田，看见他驾驶着高尔夫球车在尘土飞扬的路上行进，看见他在打垒球——光着脚……

棉袄与玫瑰

在小镇最阴湿寒冷的街角，住着约翰和妻子珍妮。约翰在铁路局干一份扳道工兼维修的活，又苦又累；珍妮在做家务之余就去附近的花市做点杂活，以补贴家用。生活是清贫的，但他们是相爱的一对。

冬天的一个傍晚，小两口正在吃晚饭，突然响起了敲门声。珍妮打开门，门外站着一个冻僵了似的老头，手里提着一个菜篮。“夫人，我今天刚搬到这里，就住在对街。您需要一些菜吗？”老人的目光落到珍妮缀着补丁的围裙上，神情有些黯然了。“要啊，”珍妮微笑着递过几个便士，“胡萝卜很新鲜呢。”老人浑浊的声音里又有了几分激动：“谢谢您了。”

关上门，珍妮轻轻地对丈夫说：“当年我爸爸也是这样挣钱养家的。”

第二天，小镇下了很大的雪。傍晚的时候，珍妮提着一罐热汤，踏过厚厚的积雪，敲开了对街的房门。

两家很快结成了好邻居。每天傍晚，当约翰家的木门响起卖菜老人“笃笃”的敲门声时，珍妮就会捧着一碗热汤从厨房里迎出来。

圣诞节快来时，珍妮与约翰商量着从开支中省出一部分来给老人置件棉衣："他穿得太单薄了，这么大的年纪每天出去挨冻，怎么受得了。"约翰点头默许了。

珍妮终于在平安夜的前一天把棉衣赶成了。铺着厚厚的棉絮，针脚密密的。平安夜那天，珍妮还特意从花店带回一枝处理玫瑰，插在放棉衣的纸袋里，趁着老人出门购菜，放到了他家门口。

两小时后，约翰家的木门响起了熟悉的"笃笃"声，珍妮一边说着"圣诞快乐"，一边快乐地打开门。然而，这回老人却没有提着菜篮子。

"嗨，珍妮，"老人兴奋地微微摇晃着身子，"圣诞快乐！平时总是受你们的帮助，今天我终于可以送你们礼物了，"说着老人从身后拿出一个大纸袋，"不知哪个好心人送在我家门口的，是很不错的棉衣呢。我这把老骨头冻惯了，送给约翰穿吧，他上夜班用得着。还有，"老人略带羞涩地把一枝玫瑰递到珍妮面前，"这个给你。也是插在这纸袋里的，我淋了些水，它美得像你一样。"

娇艳的玫瑰上，一闪一闪的，是晶莹的水滴。

上好的一座仓房

旧时的友谊冷却了，一度亲亲密密，此时的关系却十分紧张，我的自尊心又不允许我拿起电话机。

一天，我拜访了另一位朋友，他长期担任外交公使和参赞。我们坐在书房里，四周有上千本书，开始侃起了大山。我们谈得很深很广，扯到了现代小型计算机，还聊到了贝多芬苦难的一生。

最后话题转到了友谊，讲到了当今的友谊如何只是昙花一现。作为一例，我提到了自己的经历。我的朋友说："友谊是个神秘的东西，有些会天长地久，有些则四分五裂。"

我的朋友凝视着窗外林木茂盛的佛蒙特丘陵，指着临近的一家农场说："那儿曾经有一座大仓房。"在一幢红构架房屋的近旁正是那个大建筑的基脚。

那仓房可能是19世纪70年代建造的，坚实牢固。但是，像此地的许多其他建筑一样，它倒塌了，因为人们都跑到富饶的中西部去了，没有人照管仓房。当时的房顶急需维修，雨水已经透过屋檐，顺着内部的梁柱往下淋。

一天，一场大风刮来了，整个仓房在风暴中颤抖。当时，你会听到那种噼啪声：开始像旧船板一样嘎吱嘎吱地响，接着是一连串猛烈的噼里啪啦声，最后一阵巨大的轰鸣，顿时仓房变成了一堆碎木片。

“风暴过后，我去看了看那些古老而漂亮的栎木，一个个仍然坚实如初。我问农场主到底是怎么回事。他说，估计是雨水聚积在结合处的榫眼里，一旦榫头烂了，巨大的横梁便无法连接在一起了。”

我们俩凝视着那座仓房坐落处的山丘，现在的仓房只剩下了地下室坑洞和边缘处的丁香灌木。

我的朋友说，这件事他琢磨了很久，最后渐渐领悟到，建造仓房与建立友谊之间有着某些相似之处：无论你有多么强大，无论你的成就如何卓越，但只有在同别人的关系中，你才具有持久意义。

“要使自己的生命成为坚固的结构，既服务于他人，又充分发挥自己的潜能。”他说，“你得记住，力量再大也不能恒久，除非仰仗他人的联合支持。孤行己见，势必会栽跟头的。”

“友谊关系需要呵护，”他补充说，“像那仓房的房顶一样。未复的信件、未道的谢意、损害了的信任、未解决的争端——所有这些正像雨水渗入了榫眼一样，削弱了横梁之间的连接。”

我的朋友摇着头：“那本来是座上好的仓房。即使维修也花费不了什么。可现在，再也重建不起了。”

过一会儿，我起身告辞。“你难道不想借我的电话机用一用吗？”他问。

“哦，”我说，“想，非常想。”

跳　伞

汤姆有一架自己的小型飞机。一天，汤姆和好友库尔及另外5个人乘飞机飞过一个人迹罕至的海峡。飞机已飞行了两个半小时，再有半个小时，就可到目的地。

忽然，汤姆发现仪表显示，飞机上的油料不多了。汤姆判断是油箱漏油了。因为起飞前，他给油箱加满了油。

汤姆一将这消息传达，飞机上的人一阵惊慌，汤姆安慰他们："没关系的，我们有降落伞！"说着，他将操纵杆交给也会开飞机的库尔，走向机尾拿来了降落伞。汤姆给每个人发了一顶降落伞后，也在库尔身边放下一个盛有降落伞的袋。他说："库尔，我的好兄弟，我带领5个人先跳，你开好飞机，最后在适当时候再跳吧。"说着，带领5个人跳了下去。

飞机上就剩库尔一个人了。这时，仪表显示油料已尽，飞机在靠滑翔无声地向前飞。库尔决定也跳下去。于是，他一手扳紧操纵杆，一手抓过来降落伞包。他一掏，大惊：包里没降落伞，是一包汤姆的旧衣服！

库尔咬牙大骂汤姆！没伞可跳，没油料，靠滑翔飞机是飞不长久的！库尔急得浑身冒汗，只好使尽浑身解数，往前能开多远算多远。

飞机无声息地朝前飘着，往下降着，与海面距离越来越近……就在库尔彻底绝望时，奇迹出现了——一片海岸出现在眼前。他大喜，用力猛拉操纵杆，飞机贴海面冲过去，"嗵"的一声撞落在松软的海滩上，库尔晕了过去。

半个月后，库尔回到他和汤姆所居住的小镇。

他拎着那个装着旧衣服的伞包来到汤姆的家门外，发出狮子般的怒吼："汤姆，你这个出卖朋友的家伙，给我滚出来！"

汤姆的妻子和3个孩子跑出来，一齐问他发生了什么事。库尔很生气地讲了事情的经过，并抖动着那个包，大声地说："看，他就是用这东西骗我的！他没想到我没死，真是老天保佑！"

汤姆的妻子说了声："他一直没有回来。"就认真翻查那个包。旧衣服被倒了出来后，她从包底拿出一张纸片，只看了一眼，就大哭起来。

库尔一愣，拿过纸片来看。纸上有两行极潦草的字，是汤姆的笔迹，写的是：

库尔：

我的好兄弟，机下是鲨鱼区，跳下去必死无疑。不跳，没油的飞机不堪重负，会很快坠海。我带他们跳下后，飞机减轻了重量，肯定能滑翔过去……你就大胆地向前开吧，祝你成功！

说好我们不吃散伙饭

大四那年，我和好友沈去了同一家报社实习。这是一家有名气的报社，许多人连实习的机会都得不到。

有时候我自己也会惊讶于我和沈的默契，只要我们在一起，我就对任何挑战都充满了信心。而且我们从没有像其他同学那样，住在同一个宿舍，会时不时地有些矛盾和摩擦。我和沈，合作过无数次，竟没有发生过一次不愉快。我们像真正的兄弟那样心心相通，了无隔阂。我们都发誓，将这份难得的友情一直这样持续下去，哪怕是彼此有了利益上的冲突。

带我们两个实习生的是个在报社待了十几年的老记者。他总会有意无意地说起同事之间的竞争和诋毁，说他有个朋友，曾经是无话不谈，可等到后来成了同事，就再也没有了过去那样透明的情谊，话也明显地少了，总是觉得有什么东西隔住了两个人的心；后来因为一次可以迅速得以提拔的采访任务，两个人终于成了无话可说的陌生人。等到朋友被调走，他才突然间醒悟，自己失去了一份多么珍贵的情谊，可是一切都晚了，他们都没有勇气再回到从前。

对这样的话，我和沈从没有放到心里去。我们从没有过分歧和敌意，况且将来如果成了同事，能够对彼此有更切实的帮助，这在人情淡漠的社会里，不是很难得的一件事吗？还有什么能比在工作上有个情投意合的朋友，更让人觉得幸福的呢？所以尽管许多人一再暗示我们，今年报社可能只招一个人进来，但我们还是像以往那样，信心百倍地合力工作，且相信我们两个人最终都能留下来。

有一次我们两个接到一个采访某位知名人物的任务。按照惯例，上下两篇的报道我和沈分开来写，而后再共同修改。原本定好的主题，等到交稿的时候沈突然改变了主意。他坚持说这个知名人物的言行里反映出他性格上的某些缺陷，而且这些缺陷如果不加以纠正，怕是会对他个人和企业都造成坏的影响，所以如果我们另辟蹊径，换一个角度，避开其他报纸都有的先进事迹的报道，肯定能够得到经理的赏识，也一定会引起读者的兴趣。我说我们是实习生，还是按照经理的意思办吧，否则稿子出来了，引来争议，被批是小事，怕是工作也会保不住。沈没再与我争辩，但在第二天的报纸上，我却发现我写的那一部分，早已被沈改掉了，尽管署名还是我们两个人，而且他一如既往地将我的名字写在前面，但我的心里，却突然间有一丝的憋闷。那篇报道果然引来了很强烈的反响，而且有许多报纸将那篇报道转载了去。每周的例会上，经理毫不吝惜对我们的称赞，又说相信以后我们会做出更多角度独特的报道，给报社带来更大的知名度。

例会之后沈拉我去喝酒，我却找了个理由推掉了。我第一次发觉，没有我，原来沈一样优秀，而我没有沈，却会突然地黯淡下去。那段时间，因为几名记者被抽去外地采访，我和沈的任务一下子增多了。经理开始让我们分开去采访，这让我们有了更多表现的机会，亦让我和沈鲜明地将各自的实力摆在了经理面前。沈一向是个聪颖的人，再小的任务，他都会写出漂亮又吸引眼球的报道来，而且他有天生的勤奋和努力，别人不愿干的采访，他总是主动接下来。他的名字，愈来愈多地出现在报纸上。经理甚至有一次当着全体员工的面，给他发了红包。那是第一次我坐在台下，看着台上领奖的沈，没有我站在身旁陪伴，沈似乎也有一丝异样，但更多的，我看到的，还是他的兴奋与喜悦。

那天晚上沈来找我，我坐在电脑前写着新闻，没理会他递过来的烟，还有提来的酒。他一个人在我身后默默吸了许久的烟，终于站起来，拍拍我的肩，一言不发地走开了。听着门在身后闭上的声音，我的心也突然像被切掉一块似的，剧烈地疼起来。

实习结束的时候，我收拾自己的东西，打算离开报社。我早已听说，我和沈只留下了一个。被 PK 掉的那个人，我想当然会是我。去经理那儿领最后一份薪水的时候，我却同时接到了经理的聘任书。我惊讶地问经理：“那么沈呢？”经理一脸可惜地说：“他说他已经与北京的一家报社签了约，我本希望你们两个都可以留在本报的。”

我打电话给已经飞去北京的沈，在说了一句“好兄弟”之后，哽咽得再也说不出一个字。沈在电话那端哈哈大笑：“毕业的时候说好不分手，不许哭，现在我们还没毕业，怎么你这家伙就先没出息地哭了？况且，我们兄弟俩可是说好了让这份情谊长满白胡子的噢！”我终于笑出来，我说：“兄弟，我等着你从北京回来与我拼酒，但是只拼酒，不吃散伙饭，你跑再远，也别想与我散！”

其实什么都不必说，我和沈都明白，这份兄弟间的情谊，是会天长地久地与我们一路同行的。

一个半朋友

我爷爷给我讲过这样一个故事：

从前有一个仗义的广交天下豪杰的武夫，他临终前对儿子说："别看我自小在江湖闯荡，结交的人如过江之鲫，其实我这一生就交了一个半朋友。"儿子纳闷不已。他的父亲就贴近他的耳朵交代一番，然后对他说："你按我说的去见见我的这一个半朋友，朋友的要义你自然就会懂得。"儿子先去了他父亲认定的"一个朋友"那里。对他说："我是某某的儿子，现在正被朝廷追杀，情急之下投身你处，希望予以搭救！"这人一听，不假思索，赶忙叫来自己的儿子，喝令儿子速速将衣服换下，穿在了眼前这个并不相识的"朝廷要犯"的身上，而自己儿子却穿上了"朝廷要犯"的衣服。

儿子明白了：在你生死攸关的时刻，那个能与你肝胆相照，甚至不惜割舍自己亲生骨肉来搭救你的人，可以算你的"一个朋友"。

儿子又去了他父亲说的"半个朋友"那里，把同样的话说了一遍。这"半个朋友"听了，对眼前这个求救的"朝廷要犯"说："孩子，这等大事我可救不了你，我这里给你足够的盘缠，你远走高飞快快逃命，我保证不会告发你。"

儿子明白了：在你患难的时刻，那个能够明哲保身、不落井下石加害你的人，也可算你的"半个朋友"。

那个父亲的临终告诫，不仅仅让他的儿子，也让我们懂得了一个交友的道理：你可以广交朋友，也不妨对朋友用心善待，但绝不可以苛求朋友给你同样回报。善待朋友是一件纯粹的快乐的事，其意义也常在此。如果苛求回报，快乐就大打折扣，而且失望也随之而来。毕竟，你待他人好与他人待你好是两码事，就像给予与被给予是两码事一样，你的善只能感染或者淡化别人的恶，但不要奢望根治别人的恶。当然，偶尔你也会遇上像你一样善待你的人，你该庆幸那是你的福气，但绝不要认定这是一个常理。

因为人生只有一个半朋友。

因为她是我最好的朋友

那是发生在越南一个孤儿院里的故事。飞机狂轰滥炸，将一颗炸弹扔进了这个孤儿院，几个孩子和一位工作人员被炸死了。还有几个孩子受了伤。其中有一个小女孩流了许多血，伤得很重。

幸运的是，不久后一个医疗小组来到了这里，小组只有两个人，一个女医生，一个女护士。

女医生很快对伤者进行了急救，但在那个小女孩那里出了一点问题，因为小女孩流了很多血，需要输血，但是她们带来的为数不多的医疗用品中没有可供使用的血浆。于是，医生决定就地取材，她给在场的所有人验了血，终于发现有几个孩子的血型和这个小女孩是一样的。可是，问题又出现了，因为那个医生和护士都只会说一点点的越南语和英语，而在场的孤儿院的工作人员和孩子们只听得懂越南语。

于是，女医生尽量用自己会的越南语加上一大堆的手势告诉那几个孩子："你们的朋友伤得很重，她需要血，需要你们给她输血！"终于，孩子们点了点头，好像听懂了，但眼神里却藏着一丝恐惧。

孩子们没有人吭声，没有人举手表示自己愿意献血。女医生没有料到会是这样的结局，一下子愣住了：为什么他们不肯献血来救自己的朋友呢？难道刚才对他们说的话他们没有听懂吗？

忽然，一只小手慢慢地举了起来，但是刚刚举到一半却又放下了，好一会儿又举了起来，再也没有放下。

医生很高兴，马上把那个小男孩带到临时手术室，让他躺在床上。小男孩僵直着躺在床上，看着针管慢慢地插入自己的细小的胳膊，看着自己的血液一点点地被抽走，眼泪不知不觉地就顺着脸颊流了下来。医生紧张地问是不是针管弄疼了他，他摇了摇头，但是眼泪还是没有止住。医生开始有一点慌了，因为她总觉得有什么地方肯定弄错了，但是到底错在哪里呢？针管是不可能弄伤这个孩子的呀！

关键时候，一个越南的护士赶到了这个孤儿院。女医生把情况告诉了越南护士。越南护士忙低下身子，和床上的孩子交谈了一下，不久后，孩子竟然破涕为笑。

原来，那些孩子都误解了女医生的话，以为她要抽光一个人的血去救那个小女孩。一想到不久以后就要死了，所以小男孩才哭了出来。医生终于明白为什么刚才没有人自愿出来献血了。但是她又有一件事不明白，“既然以为献过血之后就要死了，为什么他还自愿出来献血呢?”医生问越南护士。

于是越南护士用越南语问了一下小男孩，小男孩回答得很快，不假思索就回答了。答案很简单，只有几个字，但却感动了在场所有的人。

他说：“因为她是我最好的朋友!”

我和狼的友谊

那年春天我去阿拉斯加淘金。一天早上，我沿着科霍湾寻找矿脉。穿过一片云杉林的时候，我突然停住了脚。前面不超过 20 步远的一片沼泽里有一匹阿拉斯加大黑狼，它被猎人老乔治的捕兽夹子夹住了。

老乔治上星期心脏病突发，死了。这匹狼碰上我真是运气。但它不知道来人是好意还是歹意，疑惧地向后退着，把兽夹的铁链拽得绷直。我发现这是一只母狼，乳房胀得鼓鼓的。附近一定有一窝嗷嗷待哺的小狼在等着它回去呢。

看样子母狼被夹住的日子不长，小狼可能还活着，而且很可能就在几英里外。但是如果现在就把母狼救出来，弄不好它非把我撕碎了不可。

我决定还是先找到它的小狼崽子们。地面上残雪未消，不一会儿我就在沼泽地的边缘发现了一串狼的脚印。

脚印伸进树林约半英里，又登上一个山石嶙峋的山坡，最后通到大云杉树下的一个洞穴，洞里悄无声息。小狼警惕性极高，要把它们诱出洞来谈何容易。我模仿母狼召唤幼崽的尖声嗥叫，但没有回应。

我又叫了两声。这次，4 只瘦小的狼崽探出头来。它们顶多几周大。我伸出手，小狼试探性地舔舔我的手指，饥饿压倒了出于本能的疑惧，我把它们装进背包，由原路返回。

可能是嗅到了小狼的气味，母狼直立起来，发出一声凄厉的长嗥。我打开背包，小家伙们箭也似的朝着母狼飞奔过去。一眨眼的工夫，4 只小狼都挤在妈妈的肚子下面吧唧吧唧地吮奶了。

接下来怎么办？母狼伤得很重，但是每一次我试图接近它，它就从嗓子里发出低沉的威胁的叫声。带着幼崽的母狼变得更有攻击性了。我决定先给它找点吃的。

我朝河湾走去，在满是积雪的河岸上发现一只冻死的鹿。我砍下一条后腿带回去给母狼，小心翼翼地说："好啦，狼妈妈，你的早饭来啦。不过你可别冲我叫。来吧，别紧张。"我把鹿肉扔给它。它嗅了嗅，三口两口把肉吞了下去。

接下来的几天，我在找矿之余继续照顾母狼，争取它的信任，继续喂它鹿肉，对它轻声说话。我一点一点地接近它，但母狼时刻目不转睛地提防着我。

第五天薄暮时分，我又给它送来了食物。小狼们连蹦带跳地向我跑来。至少它们已经相信我了，但是我对母狼几乎失去了信心。就在这时，我似乎看到它的尾巴轻轻地摆了一摆。

它站着一动不动。我在离它近 8 英尺的地方坐下，心都快跳到嗓子眼儿了。它强壮的颌骨只消一口下去，就能咬断我的胳膊，甚至脖子。我用毯子裹好身体，在冰凉的地上躺下，过了好久才沉沉睡去。

早上我被小狼吃奶的声音吵醒，我轻轻探身过去抚摩它们，母狼僵立不动。

接着我伸手去摸母狼受伤的腿，它疼得向后缩，但没有任何威胁的表示。

夹子的钢齿钳住了它两个趾头，创口红肿溃烂。但如果我把它解救出来，它的这只爪子还不至于残废。

"好的，"我说，"我这就把你弄出来。"我双手用力掰开夹子。母狼抽出了腿。它把受伤的爪子悬着，一颠一跛地来回走动，发出痛楚的叫声。根据野外生活的经验，我想它这时就要带着小狼离去，消失在林海里了，谁知它却小心翼翼地向我走来。

母狼在我身侧停下，任小狼在它周围撒欢儿地跑来跑去。它开始嗅我的手和胳膊，进而舔我的手指。我惊呆了。眼前这一切推翻了我一向听到的关于阿拉斯加狼的所有传闻。然而一切又显得那么自然，那么合情合理。

母狼准备走了。它带领着孩子们一颠一跛地向森林走去，走着走着，又回过头来看我，像是要我与它同行。在好奇心驱使下，我收拾好行李跟上它们。

我们沿着河湾步行几英里，顺山路来到一片高山草甸。在这里我看到了在树丛掩蔽下的狼群。短暂的相互问候之后，狼群爆发出持续的嗥叫，时而低沉，时而凄厉，听着真让人毛骨悚然。

当晚我就地宿营。借着营火和朦胧的月色，我看见狼的影子在黑暗中晃动，时隐时现，眼睛还闪着绿莹莹的光。我已经不怕了，我知道它们只是出于好奇，我也是。

第二天天一亮我就起来。母狼看着我打点行装，又目送我走出草甸。直到走出很远，母狼和它的孩子们还在原地望着我。不知怎的，我居然向它们挥了挥手。母狼引颈长啸，声音在凛冽的风中回荡，久久不绝。

4 年后，我在二战中服完兵役，于 1945 年秋天又回到了科霍湾，无意间发现了我挂在树枝上的那只兽夹。夹子已是锈迹斑斑。我不禁再次登上那座山，来到当年最后一次见到母狼的地方。站在高耸的岩石上，我发出狼一样的长嗥，余音在山谷间回响。我又叫了一声，回音再次响起，这一次却有一声狼嗥紧随其后。远远地，我看见一道黑影朝这边缓缓走来，那是一匹阿拉斯加大黑狼。一阵激动传遍我的全身。时隔 4 年，我还是一眼认出了那熟悉的身影。“你好，狼妈妈。”我柔声说道。母狼挨近了一些，双耳竖立，全身肌肉紧绷。它在离我几码远的地方停下，蓬松的大尾巴轻轻地摆了一摆。

须臾，母狼不见了。我再没见过它，但它留给我的印象却始终那么清晰，那么怪异，让我挥之不去，让我相信自然界中总有一些超出常理的东西存在。

秘　密

一个矿工下井刨煤时，一镐刨在哑炮上。哑炮响了，矿工当场被炸死。因为矿工是临时工，所以矿上只发放了一笔抚恤金，就不管矿工妻子和儿子以后的生活了。

悲痛的妻子在丧夫之痛中又面临着来自生活上的压力，她无一技之长，只好收拾行装准备回到那个闭塞的小山村去。这时矿工的队长找到了她，告诉她说矿工们都不爱吃矿上食堂做的早饭，建议她在矿上支个摊儿，卖些早点，一定可以维持生计。矿工妻子想了一想，便点头答应了。

于是一辆平板车往矿上一停，馄饨摊就开张了。8 毛钱一碗的馄饨热气腾腾，开张第一天就一下来了 12 个人。随着时间的推移，吃馄饨的人越来越多，最多时可达二三十人，而最少时也从未少过 12 个人，而且风霜雨雪从不间断。

时间一长，许多矿工的妻子都发现自己的丈夫养成了一个雷打不动的习惯：每天下井之前必须吃上一碗馄饨。妻子们百般猜疑，甚至采用跟踪、质问等种种方法来探求究竟，结果均一无所获。有的妻子甚至故意做好早饭给丈夫吃，却发现丈夫仍然去馄饨摊吃上一碗馄饨。妻子们百思不得其解。

直至有一天，队长刨煤时被哑炮炸成重伤。弥留之际，他对妻子说："我死之后，你一定要接替我每天去吃一碗馄饨。这是我们队 12 个兄弟的约定，自己的兄弟死了，他的老婆孩子，咱们不帮谁帮？"

从此以后，每天早晨，在众多吃馄饨的人中，又多了一个女人的身影。

有一种承诺可以抵达永远，而用爱心塑造的承诺，会穿越尘世间最宝贵的时光。12 个秘密其实只有一个谜底：爱可以永恒。

尘封的友谊

1945 年冬，波恩市的街头，两个月前还到处悬挂着纳粹党旗，人们见面都习惯地举起右手高呼元首的名字。而现在，枪声已不远了，整个城市沉浸在一片深深的恐惧之中。

奎诺，作为一名小小的士官，根本没有对战争的知情权。他很不满部队安排他参加突袭波恩，更糟糕的是，这次行动的指挥官是巴黎调来的法国军官希尔顿，他对美国人的敌视与对士兵的暴戾几乎是人尽皆知。接下来两个星期的集训简直是一场噩梦，唯一值得庆幸的是，奎诺在这里认识了托尼——一个健硕的黑人士兵，由于惺惺相惜，这对难兄难弟很快成了要好的朋友。

希特勒的焦土政策使波恩俨然成为一座无险可守的空城，占领波恩，也将比较容易。而突袭队的任务除了打开波恩的大门外，还必须攻下一个位于市郊的陆军军官学校。而希尔顿的要求更加残忍，他要求每个突袭队员必须缴获一个铁十字勋章——德国军官胸前佩戴的标志，否则将被处以鞭刑，也就是说突袭队员们要为了那该死的铁十字而浴血奋战。

突袭开始了，法西斯的机枪在不远处叫嚣着——不过是苟延残喘罢了，在盟军战机的掩护下，突袭队顺利地攻入了波恩，然而他们没有喘息的机会，全是因为那枚铁十字。在陆军学院，战斗方式已经转变成了巷战，两小时的激烈交火，德军的军官们渐渐体力不支，无法继续抵挡突袭队的猛烈进攻，他们举起了代表投降的白旗。突袭队攻占了学院之后迅速地搜出每个军官身上的铁十字。手里攥着铁十字的奎诺来到学院的花园，抓了一把泥土装进一个铁盒，那是他的一个特殊爱好：收集土壤。他的行囊中有挪威的、捷克的、巴黎的，还有带血的诺曼底沙。他正沉浸在悠悠的回忆中，托尼的呼唤使他回到了现实："伙计，我找到了一个好地方。"

他们的休息时间少得可怜，奎诺跟着托尼来到了二楼的一间办公室。从豪华的装饰来看，这个办公室的主人至少是一位少校。满身泥土和硝磺气息的奎诺惊奇地发现了淋浴设备，他边嘲笑托尼，边放下枪支和存放着铁十字的行囊，走进浴室舒舒服服地洗了个澡。当他出来时，托尼告诉他说希尔顿要来了，他要了解伤亡人数，当然，还要检查每个士兵手中的铁十字。他马上穿好衣服背上枪支、行囊，与托尼下楼去了。

大厅里，每个人都在谈论手里的铁十字，奎诺也自然伸手去掏铁十字，然而囊中除了土壤外竟无别物。奎诺陷入了希尔顿制造的恐怖之中，他没想到会有人为了免受皮肉之苦而背叛战友。奎诺首先怀疑托尼，并向其他战友讲了此事，当下大家断定是托尼所为。

士兵们此时看托尼的眼光已不是战友的亲昵，而是对盗窃者的鄙夷与敌视。他们高叫着、推搡着托尼，而此时托尼的眼中并不是愤怒，而是恐惧、慌张，甚至是祈求，他颤颤地走到奎诺的面前，满眼含着泪花问道："伙计，你也认为是我偷的么？"此时奎诺的狐疑代替了理智，严肃地点了一下头，托尼掏出兜里的铁十字递给了奎诺。

当那只黑色的手触到白色的手时，托尼眼中的泪水终于决堤，他高声地朝天花板叫道："上帝啊，你的慈悲为什么照不到我？"

"因为你他妈是个黑人！"从那蹩脚的发音中，人人都听得出来是希尔顿来了。他腆着大肚子，浑身酒气，随之，一个沉沉的巴掌甩在托尼的脸上。而后检查铁十字，不难想到，只有托尼没有他要的那东西。

再之后，盟军营地的操场上，托尼整整挨了 30 鞭。

两个星期过去了，托尼浑身如鳞的鞭伤基本痊愈，但在这两个星期里，无人问及他的伤情，没有人关心他，奎诺也不例外。

又是一个星期六，奎诺负责看守军火库，他在黄昏的灯光下昏昏欲睡，忽然，一声巨响，接着他被砸晕了。

等他醒来，发现自己躺在病榻上。战友告诉他，那天是托尼的巡查哨，纳粹残余分子企图炸毁联军的军火库，托尼知道库中的人是奎诺，他用身体抱住了炸药，减小了爆炸力，使军火毫发无伤，托尼自己却被炸得四分五裂。然而，他本来是可以逃开的。

50 年过去了，奎诺生活在幸福的晚年之中，对于托尼的死，他觉得那是对愧疚的一种弥补。直到有一天，他平静的生活破碎了，因为他的曾孙在一个盖子上写有波恩的铁盒中，发现了一枚写着"纳粹"的铁十字。

年近九旬的奎诺像孩子一样哭了起来，那眼泪，是因为悲哀而痛苦，不是为自己年轻时的愚鲁，而是为托尼年轻的生命；是因富有而喜悦，不是因为那锈迹斑斑的铁十字，而是为了那段尘封了大半个世纪的友谊。

谁是朋友？

温友庆下岗后，一时找不到工作，闲着无事，打算回小县城暂居一段时间，但又怕信息不灵，误了找工作的机会。因此临走前，便请十几个特铁的哥们吃了一餐。

酒酣饭足，脸红耳热之时，温友庆趁机要哥们帮忙留意一下招工信息。

王东涨红着脸嘟囔道："这算个鸟事，我们兄弟多活动活动，帮大哥找份轻松活。""对！"朋友们神情激昂，拍胸脯拍大腿保证：一有什么信息立刻通知大哥。

温友庆看到哥们如此热情，含着泪说："谢谢！谢谢！小弟找到工作后，再请大家喝酒。"这时，一直在喝闷酒的张强站起来，歪着脸向温友庆劝酒，建议他回县城开一店面，弄些钱解决温饱，静心发挥特长，自由自在的，比找什么鸟工作强多了。此话一出，热闹的场面突然安静下来了，大伙全瞪着张强。

温友庆不高兴了，心想：这人真不够朋友。于是只将联系电话告诉其他几个，便黯然离开。

温友庆回到县城，整天待在家里无事干，人也没了精神。妻子劝他在家看看书，写点东西什么的，别憋坏了。可他老惦记城里的工作，惦记哥们帮他找到工作后打电话来。他往往写一会东西瞧一下电话机。如果有事外出，一回来就慌忙去翻看电话的来电显示，然而半点音讯也没等到，温友庆觉得日子挺难挨。

半年后的一天晚上，温友庆看完央视的新闻联播，走进房间看书，烦躁地东翻翻西翻翻。

这时，张强裹着寒气闪身进来。温友庆给他温了酒，责怪他不预先打个电话，好去接他。张强说："你又不给我留个电话，害得我急火火跑来。江中市晚报招记者，报名截止是明天中午，我是专程来通知你的。"

温友庆应聘当上了记者，在友谊酒楼请朋友们喝庆祝酒。喝着喝着，王东大声说："晚报招聘广告一登出来，我就打电话过去了，嫂子接的。我知道大哥准成，嘿……来，喝酒。"温友庆心里掠过一丝不快。

接下来，一哥们说广告公司招人，打了好几次电话却找不到大哥。

另一个说 IT 通讯公司招业务主管我还帮大哥报了名，打了几次电话也联系不上。

一个比一个说得动听，温友庆的脸却越来越沉。这时，一言不发的张强站了起来，举起酒杯说："大家都为大哥的再就业操碎了心，都出了不少力。现在我们不说这些，大家都来喝酒，干！""对，干！"声音嘈杂而高亢。温友庆暗地里用力捏捏张强的手说："好朋友，干！"泪水在眼里直打转，他嘴巴动了动，好似想说些什么，但他望望喝得满脸通红的众人，什么也没说。

朋友应该做的事情

杰克把建议书扔到我的书桌上——当他瞪着眼睛看着我的时候，他的眉毛蹙成了一条直线。

“怎么了？”我问。

他用一根手指戳着建议书。“下一次，你想要做某些改动的时候，得先问问我。”说完就掉转身走了，把我独自留在那里生闷气。

他怎么敢这样对待我，我想。我不过是改动了一个长句子，纠正了语法上的错误——这些都是我认为我有责任去做的。

并不是没有人警告过我会发生这样的事情。我的前任——那些在我之前在这个职位上工作的女人们，称呼他的字眼都是我无法张口重复的。在我上班的第一天，一个同事就把我拉到一边，低声告诉我：“他本人要对另两位秘书离开公司的事情负责。”

几个星期过去了，我越来越轻视杰克。我一向信奉这样一个原则：当敌人打你的左脸时，把你的右脸也凑上去，并且爱你的敌人。可是，这个原则根本不适用于杰克。他很快会把侮辱人的话掷在转向他的任何一张脸上。我为他的行为祈祷，可是说心里话，我真想随他去，不理他。

一天，他又做了一件令我十分难堪的事后，我独自流了很多眼泪，然后，我像一阵风似的冲进他的办公室。我准备如果需要的话就立即辞职，但必须得让这个男人知道我的想法。我推开门，杰克抬起眼睛匆匆地扫视了我一眼。“什么事？”他生硬地问。我突然知道我必须做什么了。毕竟，他是应该知道原因的。

我在他对面的一把椅子里坐下来。“杰克，你对待我的态度是错误的。从来没有人用那种态度对我说话。作为一名专业人员，这是错误的，而我允许这种情况继续下去也是错误的。”我说。

杰克不安地、有些僵硬地笑了笑，同时把身体向后斜靠在椅背上。我把眼睛闭上一秒钟，上帝保佑我，我在心里默默地祈祷着。“我想向你作出承诺：我将会是你的朋友。”我说，“我将会用尊重和友善来对待你，因为这是你应该受到的待遇，你应该得到那样的对待，而每个人都应该得到同样的对待。”我轻轻地从椅子里站起来，然后轻轻地把门在身后关上。

那个星期余下的时间里，杰克一直都避免见到我。建议书、说明书和信件都在我吃午餐的时候出现在我的书桌上，而我修改过的文件都被取走了。一天，我买了一些饼干带到办公室里，留了一些放在杰克的书桌上。另一天，我在杰克的书桌上留下了一张字条，上面写着“希望你今天愉快”。

接下来的几个星期里，杰克又重新在我面前出现了。他的态度依然冷淡，但却不再随意发脾气了。在休息室里，同事们把我迫至一隅。

“看看你对杰克的影响。”他们说，“你一定狠狠责备了他一通。”

我摇了摇头。“杰克和我现在成为朋友了。”我真诚地说，拒绝谈论他。其后，每一次在大厅里看见杰克时，我都会先向他露出微笑。

因为，那是朋友应该做的事情。

在我们之间的那次“谈话”过去一年之后，我被查出患了乳腺癌。当时我只有 32 岁，有着 3 个漂亮聪明的孩子，我很害怕。很快癌细胞转移到了我的淋巴腺，有统计数字表明，患病到这种程度的病人不会活很长时间了。手术之后，我与那些一心想找到合适的话来说的朋友们聊天。没有人知道应该说什么，许多人说话语无伦次、颠三倒四，还有一些人忍不住哭泣。我尽量鼓励他们，我固守着希望。

住院的最后一天，门口出现了一个身影，原来是杰克。他正笨拙地站在那里，我微笑着朝他招了招手。他走到我的床边，没有说话，只是把一个小包裹放在我身边，里面是一些植物的球茎。“郁金香。”他说。我微笑着，一时之间没有明白他的意思。

他清了清喉咙。“你回到家里之后，把它们种到泥土里，到明年春天，它们就会发芽了。”他的脚在地上蹭来蹭去，“我只是想让你知道，当它们发芽的时候，你会看到它们。”

我的眼睛里升起一团泪雾，我向他伸出手去。“谢谢你！”我轻声说。

杰克握住我的手，粗声粗气地回答：“不用谢。你现在还看不出来，不过，到明年春天，你将会看到我为你选择的颜色。”他转过身，没说再见就离开了病房。

现在，那些每年春天都能看到的红色和白色的郁金香已经让我看了 10 多年。今年 9 月，医生就要宣布我的病已经被治愈了。我也已经看到了我的孩子们从中学里毕了业，走进了大学的校门。

在我最希望听到鼓励的话的时候，一个沉默寡言的男人说出了它们。

毕竟，那是朋友应该做的事情。

友情经过的时候

西西是个古灵精怪的奇女子。传说中她性情豪爽，义薄云天。我一向是孱弱的笨丫头，听了有关她的传言，心生倾慕，只恨无缘得识。那时候，我刚过完16岁生日，是心无城府的年纪。

学校举行的“畅想明天”演讲比赛，林西西在众多招摇的选手中脱颖而出，以清新洒脱的风格一举夺冠。那天，是我第一次看到林西西。娇俏玲珑的女孩子，笑起来睫毛一颤一颤，似乎天空都要明亮起来。我一直是喜欢她的。有时候，在人群里远远看着她眉飞色舞、神采飞扬，我亦会觉得欢喜，会微笑。高三，年级里重新分班。我惊喜地发现，林西西和我分到了一班。

我搬着课桌进教室，在门口看到林西西，她歪着头微笑了一下，接过我手里摇摇欲坠的桌子。

我愣在那里，不知所措。

林西西回头，眉毛飞起来：“辛小想，跟我来呀。”

天哪，林西西居然知道我的名字。

按照老师排好的座位表，我坐在林西西后面第二排。

林西西抱着我庞大的桌子，放好，喘了口气：“辛小想，我很早就认识你了，我叫林西西。”

“嗯，我知道。”

我笑，心里暖暖的。

就这样，我们成了很好的朋友，没有繁文缛节，没有相互的试探，仅仅是一个微笑，便自心底觉得温暖，似乎相识许久。

那时候，总是有说不完的话。一下课，我俩便手牵手奔到外面，或是倚在教室西侧的梧桐树旁，或是信步走到前面的实验楼，或是穿过回廊拐到学校的后花园。

边走边说话，两人不亦乐乎。往往是还没到目的地，上课铃声便响了，两个人便相视一笑，开始往回飞奔。林西西总是比我跑得快，然后在教室门口等我一会，一起进教室。

时间久了，连老师都常常开我们的玩笑，遇着我们中的一个，会惊讶地说："咦，怎么不见你的莫逆之交啊？"

当时，我和林西西都爱极了《萌芽》，每到新刊发行的那天，我们就跑到邮局去买。有时候下雨，林西西便脱了外套，把《萌芽》抱在怀里，在雨中拉着我一路飞奔，笑声若银铃，弥漫在空旷街道的雨林中。

回去之后，晚自习第一节我看，下了课我会把书给林西西，告诉她哪一篇最好看。再逢下课，便凑在一起争论哪段写得精彩，哪个人物最讨人喜欢……

现在想来，那是一段多么美好的岁月。两个人在一起，谈论的话题亦不是很有趣，但是因为有友情在，就觉得周围的一切都是美丽的，聊起天来无限欢喜，常常笑得前俯后仰。

我从小就挑食，却偏偏对素包子情有独钟。从我们学校向南穿过一条街，有一个"2000 年早餐店"，那里的素包子很对我的口味。每天下午放学后，林西西便骑了自行车载着我，奔向"2000 年早餐店"。两个人笑闹着，坐在长长的落地窗前，要一碗甜甜的玉米羹，吃一个粉条豆腐馅的素包子。

林西西常常不无得意地说："以后呀，我就在车站附近开一家素包子店，让你一回家就闻着香味跑过来。"那时候，我们还约定，以后一定要考到同一个城市读大学，然后在同一个城市工作，租同一所房子，林西西做饭，辛小想洗衣服，一人洗一天碗。有时候林西西的淘气劲上来，非要跟我换衣服，然后拉着我在大街上大摇大摆地走。有一次遇着林西西的妈妈，她骑车从后面过来，抓住我的衣服直喊西西，林西西在一旁乐得拍手哈哈大笑。

林西西喜欢西瓜，我喜欢香蕉。因此每次有香蕉，林西西总借故说不爱吃，都推给我。

很久以后我才知道，原来林西西也非常喜欢香蕉，因为知道我喜欢，自己舍不得吃，全部让给我。

那时候，林西西经常唱徐怀钰的《水晶》，只是把歌词中的爱情改成了友情。她唱的歌声音好听，旋律优美："你给我的友情，好像水晶，没有秘密，彼此干净又透明……”

那个黑色的高三，因着林西西和我透明的友情，而美丽非凡。

然而，就是这样一份干净又透明的友情，亦遭遇了淡去的那一天。

逢老师再调座位，我和林西西绞尽脑汁罗列了一大堆理由，请求老师让我们俩坐同桌。拗不过我们的苦苦哀求，古板的班主任最终同意了。

把桌子搬到一起的那天，我们高兴坏了。然而让人始料未及的是，距离近了，心却渐渐远了。

两个人天天在一起，久而久之，难免会起些摩擦。而林西西和我又是太相似的人，太重感情，容易受伤。由于对这份友情寄予的期望很大，日子一久，便免不了有些失望。

每次吵架之后，林西西会悄悄放一颗哈密瓜味的水果糖在我桌上，以示和好。我嚼着水果糖，心中那种即将失去的预感却愈加强烈。

如此反复，就有了疲惫的感觉，不想再靠近。终于有一天，林西西不辞而别，搬着桌子移到了别的位置。

再遇见，便只是微笑着擦肩。

已进入三轮备考阶段，每个人都忙得似陀螺一样。我亦无暇再去“2000年早餐店”买素包子，也很久没有吃香蕉。有时候在路上看到林西西，心还是痛的。

高考之后，我和林西西分别去了不同的城市。在陌生城市的街头，熙来攘往的人群里，我还是经常想念林西西。

冬天来临的时候，林西西寄了几米的《向左走，向右走》给我，精致的图画、唯美的文字，述说着城市丛林里的温暖寓言。

我回信：林西西，小想一直都很想念你。春暖花开的时候，来这里看我吧，咱们去郊外爬山，这一次，我不会再输给你了。

柳树刚刚吐露新芽，冬天的尾巴还未完全消失的时候，林西西就从繁花盛开的江南风风火火地赶来了。她穿着浅紫色的棉布长裙，罩着纯白的小风衣，一边翻箱倒柜地找我的羽绒袄，一边哆嗦着说：虽然北方的阳光很明媚，覆雪的山很壮观，但是真的冻得受不了啦。

林西西带了“谭木匠”的小梳子和小镜子给我，小巧而精美，我一直带在身边，每次梳头发的时候，都会想起她歪着头微笑的样子。

林西西不无得意地说：这样比在车站旁开素包子店更能拴住你小丫头

的心。

果真如这古灵精怪的奇女子所言，我，辛小想，每次梳头发都会想念她。即使不常联系，亦时时惦记。

这，便是真正的友情吧，或许一生一世？

放弃天堂的导盲犬

一天，一个盲人带着他的导盲犬过街时，一辆大卡车失去控制，直冲过来，盲人当场被撞死，他的导盲犬为了守卫主人，也一起惨死在车轮底下。

主人和狗一起到了天堂门前。

一个天使拦住他俩，为难地说："对不起，现在天堂只剩下一个名额，你们两个中必须有一个去地狱。"

主人一听，连忙问："我的狗又不知道什么是天堂，什么是地狱，能不能让我来决定谁去天堂呢？"

天使鄙视地看了这个主人一眼，皱起了眉头，她想了想，说："很抱歉，先生，每一个灵魂都是平等的，你们要通过比赛决定由谁上天堂。"

主人失望地问："哦，什么比赛呢？"

天使说："这个比赛很简单，就是赛跑，从这里跑到天堂的大门，谁先到达目的地，谁就可以上天堂。不过，你也别担心，因为你已经死了，所以不再是瞎子，而且灵魂的速度跟肉体无关，越单纯善良的人速度越快。"主人想了想，同意了。

天使让主人和狗准备好，就宣布赛跑开始。她满心以为主人为了进天堂，会拼命往前奔，谁知道主人一点也不忙，慢吞吞地往前走着。

更令天使吃惊的是，那条导盲犬也没有奔跑，它配合着主人的步调在旁边慢慢跟着，一步都不肯离开主人。天使恍然大悟：原来，多年来这条导盲犬已经养成了习惯，永远跟着主人行动，在主人的前方守护着他。可恶的主人，正是利用了这一点，才胸有成竹，稳操胜券，他只要在天堂门口叫他的狗停下，就能轻轻松松赢得比赛。

天使看着这条忠心耿耿的狗，心里很难过，她大声对狗说："你已经为主人献出了生命，现在，你这个主人不再是瞎子，你也不用领着他走路了，你快跑进天堂吧！”

可是，无论是主人还是他的狗，都像是没有听到天使的话一样，仍然慢吞吞地地往前走，好像在街上散步似的。

果然，离终点还有几步的时候，主人发出一声口令，狗听话地坐下了，天使用鄙视的眼神看着主人。

这时，主人笑了，他扭过头对天使说：“我终于把我的狗送到天堂了，我最担心的就是它根本不想上天堂，只想跟我在一起……所以我才想帮它决定，请你照顾好它。”天使愣住了。

主人留恋地看着自己的狗，又说：“能够用比赛的方式决定真是太好了，只要我再让它往前走几步，它就可以上天堂了。不过它陪伴了我那么多年，这是我第一次可以用自己的眼睛看着它，所以我忍不住想要慢慢地走，多看它一会儿。如果可以的话，我真希望永远看着它走下去。不过天堂到了，那才是它该去的地方，请你照顾好它。”

说完这些话，主人向狗发出了前进的命令，就在狗到达终点的一刹那，主人像一片羽毛似的落向了地狱的方向。他的狗见了，急忙掉转头，追着主人狂奔。满心懊悔的天使张开翅膀追过去，想要抓住导盲犬，不过那是世界上最纯洁善良的灵魂，速度远比天堂所有的天使都快。

所以导盲犬又跟主人在一起了，即使是在地狱，导盲犬也永远守护着它的主人。

天使久久地站在那里，喃喃说道：“我一开始就错了，这两个灵魂是一体的，他们不能分开……”

奇遇灵狐

我在深山游玩，不幸落入一个深坑中，身陷绝地。上面的一只赤狐非常友善，不仅没伤害我，还给我送食物，驱赶毒蛇。在最危急的时刻，它甚至不惜用自己的血肉之躯为我引来了救兵……

大二那年暑假，我到乡下大姨家去度假。那是位于桂西凤凰山深处的一个小山村，附近山上有大片的森林，风景很美。

一天，我独自去山里转，太贪玩，竟然迷了路，整整一下午也没走出去。太阳眼看要落山，我彻底慌了神。听说近年来山上狼豹之类的野兽又多了，经常伤害家畜……我慌不择路地顺一座山坡朝下跑，突觉脚下一空，收不住腿，栽落到一个深坑中，“扑通”一声落地，我连摔带吓，几乎休克。

身上好像并不是特别疼，我很快有了知觉。原来地上有许多枯枝败叶，堆了厚厚一层。抬头可以看见几颗星星，我第一个念头就是马上上去。不过这坑也太深了，起码有 4 米，坑壁光滑，我爬了半晌，根本上不去！

这个坑不像陷阱，可能是喀斯特地形的漏斗吧。因为过于恐惧，我呼吸急促，头昏脑胀，颓然倒在地上，看来今晚只能在这里坐井观天了。

我努力适应坑里的黑暗，刚刚好受一点儿，突然，耳边传来了几声诡异的叫声。天哪，什么声音？四下搜寻，一双绿莹莹的眼睛出现在离我三四米远的地方。

我吓过了头，也许是物极必反吧，竟然不怎么怕了。借着淡淡的月光，我发现那是个四足小动物，很像一条小狗，细看是一只小赤狐，它很虚弱，很稚嫩，准是受了伤。我相信它对我没有威胁，也许和我一样是失足跌进来的。

我和这只小赤狐对峙着，度过了漫长而痛苦的一夜。清晨，天光渐亮，我总算看清了它。它的确很小，受伤不轻，无法站立，硬撑着在那里趴着。

突然，坑上面传来野兽的“呜呜”叫声，我急忙抬起头，只见一只大赤狐正从坑口探头往下看。它个头儿很大，披着棕红色的毛，尖尖的嘴巴，呼吸急促，显得很焦急。肚皮下有两排明显的乳头，看来是条母狐。小赤狐闻声也立即叫起来，彼此你呼我应，令人动容。看来这是一对母子。母赤狐边叫边在坑口来回转悠，可实在不知怎样救孩子。

母赤狐昨晚可能去找吃的了，长途奔跑了很远，刚刚返回，发现孩子不见了，这才找到这里。看它那架势，恨不能一下跳进来，把孩子救出去。一向心地善良的我突发奇想，何不帮忙把小赤狐弄出去呢？那样母赤狐也就会走开了。

说干就干。我来到小赤狐身边，试图抱它，它立刻怪叫起来，母赤狐也发出可怕的咆哮。我竭力向母赤狐证明我的友好，接着避开小赤狐的爪子，掐住它的背，把它抱了起来。事不宜迟，我估量了一下，使出全力将它往上一抛。坑虽然很深，但只要让它落在坑外，不至于再掉进来，就绝不会摔伤。

果然，小赤狐被抛在坑口边上，母赤狐非常敏捷，一口就把它叼开了。听着它们欢喜的叫声，我感到十分欣慰。母赤狐又回来看了我几次，摇头摆尾，好像表示感谢，又好像很奇怪我为什么一直可怜巴巴地坐着。后来它们母子远去了。

我睡了一觉，起来就开始大喊大叫，呼喊救命，希望有人听到。可我喊破了嗓子，也没有一个人来，这里太荒僻了。我眼冒金星，再次瘫在地上。

根据透进坑中的光线判断，已经是下午了，我已整整一天没吃东西，恨不得抓几把青草往嘴里塞，挨饿的滋味真不好受啊！突然，坑上掉下来一个东西，落在我身边。原来是几个野果，抬头一看，那只母赤狐正往下看，野果无疑是它扔的。我感到匪夷所思，但仍然捡起了野果。从母赤狐的眼神看，它是想让我吃了野果，真是不可思议！也许它明白是我帮它救了孩子，想报答我呢！多有灵性，而且这么仁义，不是亲身经历，真不敢相信狐狸能做出这种事。我感激地吃了野果，立刻觉得身上有劲儿了。

接下来的两天，母赤狐每天都给我送不少野果。野果营养丰富，汁液充足，又能当干粮又能解渴，坚持一个礼拜应该没问题。真是天无绝人之路，让我遇上了这么一条友善的母赤狐。它之所以这么做，一方面是知恩图报，一方面肯定是它身上的母性使然。它正处在哺乳期，对弱小的生命有一种本能的爱。著名的动物学家古道尔说过，“动物也懂得爱和同情”，真是一点儿不假。

谁知我刚刚适应这坑里的环境，新的劫难又降临了。第三天下午我正在胡思乱想，忽然听到“嘶嘶”的声音，抬头一看，我的妈呀，原来是一条毒蛇正在坑口！从它身上的金黄色环纹看，是一条金环蛇，它可是有剧毒，仅次于眼镜蛇和五步蛇！它好像想下来，不时往下探身子，那喷出的蛇芯和两根毒牙清晰可见！我吓傻了，浑身发抖。

我不想坐以待毙，决定一搏，抓起一块石头瞄准金环蛇砸过去。但金环蛇反应出奇的敏捷，眨眼间窜到一旁，躲开了。我目瞪口呆，坏了，这下反而可能激怒它了，它很快就会向我进攻，我的处境更加危险！

我不顾一切地大叫：“救命！救命啊……”

真是天无绝人之路，就在金环蛇又气势汹汹探出头来时，那只母赤狐赶来了，它本来是要给我送果子，太巧了！母狐对金环蛇一阵恐吓驱赶，僵持好一阵后，果子扔了下来，看来金环蛇已被母狐赶跑了。我的泪水不由自主夺眶而出……

母赤狐离去后，天阴沉下来，猛烈的山风过后，下起了大雨。山上的雨水顺山坡流下，全灌到了坑里，很快就有半米深了。坑底的沉积物全漂起来，散发着难闻的气味。我可惨了，无处躲藏，只能泡在水里。雨还一直下，没有任何停下来的迹象，雨水很快就可能灌满整个坑，而我不会游泳！看着水位慢慢上涨，泪水和雨水流满了我的脸。我热爱这世界，生活对于我才刚刚开始，但我就要离开了……

唯一让我感到欣慰的是，母赤狐不时出现在坑口。看得出它非常焦躁，想帮助我，但无能为力。雨越下越大，母赤狐浑身已被淋湿，它冲我叫了几声，便不见了。

又过了许久，坑里的水已淹到了我的胸部，忽然听到上面传来异样的声音。片刻，一个影子从坑口窜了过去，好像是那只母赤狐，它急急忙忙地在干什么？接着我听到了一声枪响，是那种老式猎枪发出的，很响，是不是有人来了？我像抓到了救命稻草，拼尽全身的力气大喊："救命呀，救命呀……"

几分钟后，一个人影出现在坑口，见了我立刻惊叫起来，过了一会儿才问："你、你，你是人是鬼？"我当时蓬头垢面，龇牙咧嘴，只有脑袋露在水面上，这里又是荒山野岭的，谁见了我都会以为是鬼。我忙说："我……是人，真的是人！我叫阿火……快救我上去！"

上面的人犹豫半天，才扔下来一条绳子。我抓住绳子，使劲往上爬，可身上哪还有力气？上面喊道："快把绳子系到身上！"我总算头脑还清醒，拼尽全力把绳子牢牢拴在胸部，终于被拉了上来。

我认出救我的人是庭华叔，他住在山上以种药材为生，有时也猎杀一些害兽。他给我讲过故事，知道我喜欢在山里撒野。他也认出我来，连声说："你真的是城里来的大学生阿火！我听声音像，这几天全村人都找你也找不着，没想到……总算没事，没事就好啊！"

连连道谢后，我问："庭华叔，你是怎么找到这里来的？"

"这地方难找啊！一般人谁来这里？说来真稀奇，是一只赤狐把我引到这里来的！本来天下雨，我躲在石头房里不想出来，可一条大赤狐老在房子外跑来跑去，还一个劲地叫，我气得没办法，提着枪去追它。这家伙狡猾极了，躲躲闪闪的，好像故意捉弄人！这不最后给引到这里来了……它猛地跳了一下后，突然停下来，我看它不像好东西，就开枪了……”

“那你打中它了？”我急切地问。

“它太机灵了，早有准备，纵身一跃，估计只伤着它一点皮毛……”

我全明白了，是那条母赤狐千方百计地引来了庭华叔！它全是为了救我，弄得自己挨了枪子儿！我一时百感交集，加之身体极度虚弱，猛觉天旋地转，终于不省人事了。一天一夜后，我才恢复了正常。我马上打听那条母赤狐，并含着泪讲述了自己那几天的经历。人们听了都非常感动，庭华叔当场表示，以后决不再打赤狐，也不随便伤害别的动物。

这场磨难在我心中留下了深深的烙印，但更让我刻骨铭心的是那只母赤狐，它在我最危难的时刻帮助了我，使我真正感受到了爱和友善的伟大。我决心尽我所能，帮助那些需要帮助的朋友，让世界听到我内心的感动……

对人要宽宏大量

有两个男孩子，从小学到高中不仅在一个学校里，而且在同一个班里。两人情同手足，终日形影不离。他俩都是独生子，很得家长的喜爱。

一个星期天的清晨，他俩相约到海边游泳。夏日的海滨，细细的白沙柔软而蓬松，蓝蓝的海水不断地轻轻亲吻着他们的脚背，引得他们恨不得一下子投入大海的怀抱中。这对年轻好胜的小伙子互相比赛着向深海处游去。突然，风云骤变，阳光隐没在厚厚的云层里，那碧绿的海水顿时变得混沌黯黑。不一会儿，暴风雨便如同瀑布似的铺天盖地地倾泻下来，狂怒的海水发出呼呼巨响。这两个小伙子在滔天的白浪中与危险苦苦地搏斗着。他们刚刚游在一起，就被一层巨浪分开了。他们高声喊叫着，竭力保持联系，同时拼命往岸上游去。风越来越大，浪越来越高，海浪时而像无数隆起的小山，把他们抛向高空，时而又如凹下去的峡谷，使他们掉进无底的深渊。一个小伙子仍在高叫着同伴的名字，却怎么也听不见回音，他心急如焚，拼命向同伴那边游去。人不见了！他不顾一切地喊叫着、寻找着，直到凶猛的巨浪把他打昏。

当他醒来时，发现自己躺在医院的病床上，他得到的第一个消息就是好友不幸溺水身亡。后来，他伤愈出院了，但心中的忧郁却日渐加剧，因为是他主动找好友去游泳的，是他没把好友抢救出来。他失魂落魄地终日在海边徘徊，向着一望无垠的大海轻轻呼唤着好友的名字，但是只有那阵阵涛声作答。

他来到好友家里，请求伯母的宽恕。那失去独子的母亲悲恸欲绝，终日以泪洗面，无暇他顾。他每次都怀着一种负疚的心情郁郁而去。

这种痛苦的心绪一直伴随着他离开校门，走上社会。因亡友而产生的伤感也注满了他的新房，甚至在蜜月中也不时地影响到新婚的热烈气氛，这使新娘惊诧不解、思绪万千。她看到丈夫总爱在海边定睛伫立、魂不守舍，便生气地说："你总来海边，那你就去跟大海一块儿过日子吧！"一气之下，她便离家而去了。妻子的离去，使他陷进了更大的苦恼之中。

一天，有人轻轻地敲他的房门。来了两个女人，一位站在门外，是他的妻子；另一位进来了，是好友的母亲。"我的好妈妈！"他再也忍不住了，痛悔和欢喜的泪水尽情地涌出。她冷静了一下，说："我今天来，是想对你说，我从你身上看到我的孩子还活着。你为他倾注了自己的哀思，我从你的情感中感受到人生的欢乐。让我们互相谅解吧，让我们如同一家人那样互相体恤吧。我从你妻子那里了解了你的感情，我觉得你是真诚的。但是，我与你、她与你之间还缺乏谅解的精神。现在，我把她找来了，愿你们永远相互体谅、互敬互爱、白头偕老吧！"

从此，他心头的忧虑消除了，夫妻俩和好如初，相亲相爱，他们还把亡友之母接来同住。谅解可以产生奇迹，谅解可以挽回感情上的损失，谅解犹如一个火把，能照亮因焦躁、怨恨和复仇心理而灰暗的人生。

以邻为友

由于家境困难，林肯12岁时不得不中止学业，做了一名伐木工人。每次，他都在自己伐倒的木材上写上一个自己名字开头的字母"A"。但是有一天他发现自己砍伐的木头上被人写上了"H"，这显然是有人盗窃了自己的劳动成果。

林肯生气极了，回家对继母说："一定是那个叫亨德尔的家伙干的，我到他们家找他理论去。"继母看着林肯说："孩子，你先别急，听我给你讲个故事。"

从前有一片大森林，那里有一个人叫班卜，他以打猎为生，经常在密林中安装捕兽套子。由于安装套子的地方在野兽经常出没的路线，几乎每天他都有收获。有一天他又去收套子，却发现套子上只有动物脱落的毛，动物已经被别人取走了。班卜很生气，于是他就在纸上画了一张很生气的脸，放在套子上。第二天他又去收套子，发现套子上有一片大树叶，树叶上画着一个圈，圈子里有房子，房子旁边还有一只狂吠的狗。班卜不知道是什么意思，想："为什么别人拿走了我的猎物还要画图呢？"

他觉得应该和这个人见面说理，于是就画了一个正午的太阳，还有两个人站在捕兽套边。第三天中午他又来到了这里，看到有一个浑身插满了野鸡毛的印第安人在那里等他。他们彼此语言不通，只能通过打手势来对话。印第安人用手势告诉班卜："这里是我们的地盘，你不可以在这里装套子。"班卜也打手势说："这是我装的套子，你不能拿走我的猎物。"两个人的模样都很古怪，相互看得直乐。班卜想："与其多个敌人，还不如多一个朋友！"于是，他就大方地将捕兽套送给那个印第安人了。

后来有一天，班卜打猎时被狼群追赶，被迫跳下了悬崖。等到醒来的时候，他发现自己正躺在印第安人的帐篷里，伤口上还有印第安人给他上的药。此后他就成了印第安人的好朋友，和他们生活在一起，共同打猎。

继母讲完了故事，微笑着对林肯说："你说班卜做得对吗？""他做得好，这样就少了个敌人，多了个朋友。"

"对呀，孩子，你要学会宽容别人，这样才能使自己的路越走越宽广。要不然，你在社会上就会到处树敌，很难成功的。"

"我知道了，母亲。"林肯懂事地点点头。林肯牢记母亲的教导，宽容的美德为他以后的人生铺平了道路。

以德报怨是做人的很高境界。别人对你的伤害不管是有意的还是无心的，你都能不计较，反而以恩德回报，这需要博大的胸怀。普通人在人际交往中有时陷入困境，很大程度就因为锱铢必较。能宽容别人的人，绝对不是软弱可欺者。因为宽恕，你会得到真正的朋友。

这些钱能买多少面包

1987年我入狱的时候，是依靠我的孩子们来打发那段难熬的狱中时光的。这在女囚监狱里是一种很普遍的现象，我们经常把有关自己孩子们的故事拿出来与大家分享。

瑞奈是我在监狱里遇到的一个朋友，她因为贩毒、吸毒被判入狱7年。她有一个5岁的儿子，由她的父母抚养。她的父母告诉那个5岁的孩子瑞奈上学去了，目的是为了保护孩子，让他远离他的母亲被监禁带给他的恐惧和羞辱。瑞奈经常打电话给她的儿子，向他保证要不了多久他们就会重聚了。

一天晚上，瑞奈在和她的儿子通话之后，哭着来找我。她的儿子问她是否会很快回家，她像往常一样对他做出了承诺，她告诉儿子，不久之后她就会回家。孩子问她："你回家后，我们能一起去池塘边看鸭子吗？"她向他保证他们会的。

孩子天真又骄傲地告诉她，他已经收集起足够的面包去喂鸭子了。瑞奈一想到在她能够实践对孩子的诺言之前，那些堆积起来的面包发霉的样子时，心就绞痛起来。

我们一起抱头痛哭。幸运的是，最后她终于把这个危机挺过去了。因此，仅仅几个星期之后，她来找我寻求建议的时候，我感到相当震惊。她刚刚收到政府发给她的这个月25美元的津贴，同时，她获得了一个用这25美元购买半枚药丸的机会。这虽然会使她在这个月余下的日子里很拮据，但是她确实非常想买那毒品。她认为毒品会使她的精神极度兴奋起来。她觉得她应该这么做，因为狱中的生活实在是太难熬了，她很孤独，而且她的生日就快要到了。我相信瑞奈还有其他的理由，但是，我认为她应该考虑到她那5岁的儿子正在等着与她一起去池塘边看鸭子，并且希望与她共享以后的生活。

因为我从未接触过毒品，更没有吸过毒，所以我无法想象吸毒之后精神究竟能够达到什么样的兴奋程度，我不相信还有什么能比和自己的孩子在一起更令人兴奋。在还没有意识到莽撞之前，我就脱口而出："你是成年人了，你必须自己做出决定，请想一想25美元能够买到多少面包。”这话像冰块一样扔到了瑞奈的脸上，她顿时屏住了呼吸。我想收回我所说的话，但是还没等到我开口，她就转身离开了我。我当时的感觉糟透了。我想：“我说出这样的话，真的很残忍。我是谁？我有什么权力去评判其他囚犯？”我知道我已经把一段美好的友谊给毁掉了。

在接下来的很多天里，我都没有看到瑞奈，因此，我不知道她是否用那津贴买了她垂涎很久的半枚药丸，我觉得很痛苦。终于有一天，我正在休息厅里的一张桌子旁坐着，瑞奈走过来，在我旁边坐下。她似乎有点腼腆。我张开臂膀拥抱她，没有问她有关决定的事情——那不关我的事，但是她自己说了出来，她没有买那半枚药丸。瑞奈说：“你是对的，露西。它能买很多面包。”

我与瑞奈从分别到现在已经10年了，但是她仍然经常给我写信，让我知道她到现在都没有再接触毒品，虽然那对她很有诱惑力。每当她被诱惑的时候，她就会想一想那些毒品能够买到多少面包。瑞奈和她的儿子现在经常一起去池塘看鸭子。她非常感谢我在她精神脆弱的时候提醒了她，否则，为了那一刹那的解脱，她可能会付出一生的幸福作为代价。

把朋友当作一个朋友

我迫不及待地想到学校去见我的朋友们，我不知道他们看到我时会有什么样的反应，但是肯定不会像3年前他们与我初次见面时那样。

那一天是我从别的学校转到这个学校的第一天。爸爸将我送到学校门口时，我真不愿意下车。我感到自己十分丑陋。我的身上绑着支架，走起路来像僵尸一样，显得滑稽可笑。我真希望在原来的学校，因为那里有我的朋友，他们在我绑着这个支架前就认识我了，知道我其实并不是现在的这副怪模样。我坐在自己的座位上，心里知道大家都在看我。谁叫我是他们看到的最奇怪、最丑陋的人呢？让他们看去吧。我不去看他们，泪水却夺眶而出，我赶忙将它们擦掉。我多么想找一个没人的地方躲起来呀！

我垂下头自我打量，我的衣服非常好看，但是，支架把我毁掉了。这个奇怪的装置是用钢和皮革做成的。我的腰部被宽宽的皮带束紧，两根钢条从后背向上延伸，其中一根由肩部弯曲，然后支撑脖子，固定住了头部，我如果想掉头的话，就必须转动整个身子。不过，我根本就不想掉头。我不愿意看到那些好奇的眼神，不愿意听别人问这问那、评头论足。那一天是多么难熬呀！以后的日子，我也度日如年。直到认为大家都习以为常见怪不怪了，我才开始试着和同学们交朋友。然而，我仍时常有自卑感，觉得自己有碍观瞻。我盼望支架能早一天从我身上拆除下来。

这一天终于到了，支架一拆下来，我就激动地抱住了医生。本来我想打电话告诉班上与我处得最好的丹丽艾尔，但我改变了主意，我想让她大吃一惊。同学们看到我没了支架，一定都会大呼小叫的。下了爸爸的车，我蹦蹦跳跳地往教室跑去。

上第一节课时，没有人提一个字。第二节课的时候，还是没有人注意到我的变化。我心中有些担心。也许没有了支架的我依然很丑！或者我的朋友们并不像我想的那样关心我？又是一节课，我还在等待，可他们仍然丝毫没有反应。到了下午放学，我既感到困惑，又感到受了伤害。连我最好的朋友丹丽艾尔都没有对我拆除支架的事发表一句评论，她明明知道我有多么讨厌那个支架的啊。我打算晚上到丹丽艾尔家去，如果她还不提这件事，我就自己说出来。可是，我在她家都快有 3 个小时了，她居然还是只字不提我的变化。我走出她的房间，悄悄地问她的妹妹娜芬。“娜芬，你看出我有什么变化了吗？”我问。

“是你的发型变了吗？”她问。“不，不是发型。”我不耐烦地说，“是支架，我的支架拆除了！”我转了一个圈，夸张地摇了摇头，“看到了吗？支架没了！”娜芬看了我一眼：“怪不得看你好像有什么变化，原来是支架不在了。”

我十分奇怪，那个在我看来丑陋无比的支架，那个曾经压在我心头让我自卑不已的支架，为什么好像从来没有出现在这些朋友的眼里？当丹丽艾尔走出来时，我终于忍不住问了她。

丹丽艾尔的回答令我吃惊，她的表情平静而自然，只简单地说：“安妮，这是个再小不过的事情。因为，我只记得你是我的好朋友，我在看到你时只想着你是我的一个朋友，从没有想过，你有支架还是没有支架啊！”

听了丹丽艾尔的话，我才终于意识到，我之前的那些自卑是多么愚蠢。当朋友接受了我这个人，那么他们眼中的朋友就只是一个朋友，就是这么简单，他们不会去想朋友的丑陋，不会在意朋友的缺陷，只是把她当作一个最普通的人看待，这样才可以称得上是最好的朋友！而我也想告诉所有年轻人，把你的朋友当作一个朋友看待是多么难能可贵。

杰克的圣诞柚子

杰克长着一头乱七八糟的褐色的头发和一双天使般明亮的蓝眼睛。杰克从记事开始就一直住在一所孤儿院里。那里只有10个孩子，杰克是其中之一。孤儿院的资源非常匮乏，唯一的经济来源就是艰难地、持续不断地向这个城市里的居民们发起的募捐活动。

孤儿院里的食物很少，不过，虽然孩子们平时总是饥一顿饱一顿的，但是每当圣诞节来临的时候，那里总是有比平时多一点的食物可以吃，孤儿们也比平常要居住得暖和些。而且，这时候，孤儿院里总是笼罩着一种喜气洋洋的节日气氛。当然，最重要的是，这时候，那里有圣诞节的柚子！

圣诞节是一年中唯一一个提供精美食品的时候，每一个孩子都把圣诞节的柚子当作珍宝一样看待，好像在这个世界上，再也没有什么食物比它更好吃了。他们用手抚摸着它，感觉着它那又凉爽又光滑的表面，一边赞美它，一边慢慢地享受着它那酸甜的汁水。毫不夸张地说，这个柚子在孤儿们的眼中是圣诞之光。因此，可以想象得出，当杰克收到他的礼物时，他将会感到多么喜悦啊！

可是，在圣诞节的前一天，杰克不知在哪里不慎踩了一靴子的湿泥，而他自己一点也不知道。他从孤儿院的前门走进去，在新铺的地毯上留下了一长串带着湿泥痕迹的脚印。更糟糕的是，他甚至没有注意到这一点。等到他发现的时候，一切都太晚了。惩罚是不可避免的，而惩罚的方式却是出人意料而无情的：杰克将得不到他的圣诞柚子！这个圣诞柚子是他从他所居住的这个冷酷的世界里能够得到的唯一的一份礼物。但是，在盼望了整整一年后，他却将得不到它。

杰克含着眼泪恳求原谅，并且许诺以后再也不会把泥土带进孤儿院里来，但是没有用。他有一种无助的、被抛弃的感觉。那天夜里，杰克趴在他的枕头上哭了整整一夜。在圣诞节那天，他感觉内心空虚而孤独。他觉得别的孩子不希望和一个被处以这样一种残酷的惩罚的孩子在一起。也许，他们担心他会毁掉他们唯一一个快乐的日子；也许，他在心里猜想，之所以有一道鸿沟横在他和他的朋友之间，是因为他们害怕他会请求把他们的柚子分给他一点儿。那一整天，杰克一直待在楼上那冰凉的卧室里。他像一只受冻的小狗一样蜷缩在他唯一的一条毯子底下，可怜兮兮地读着一本关于一个家庭被放逐到荒岛上的故事书。只要杰克拥有一个真正关心他的家庭，他并不介意他的余生将在一个与世隔绝的荒岛上度过。

最糟的是，睡觉的时间到了，杰克却怎么也睡不着。他怎么说他的祈祷词呢？他在又凉又硬的地板上跪下来，轻轻地呜咽着，祈求上帝为他和像他一样的人们结束世间的一切苦难。当杰克从地板上站起来，爬回到他的床上时，一只柔软的手摸了摸他的肩膀。他吃了一惊。接着，一个东西被轻轻地放在了他的手上。然后，给他东西的那个人什么也没说，就悄无声息地离开了房间，把不知所措的杰克留在了黑暗里。杰克把手里的东西举到眼前，就着昏暗的灯光，他看到它好像是只柚子！不过，它不是一只光滑的、形状规则的普通柚子，而是一只非常特殊的柚子。在一个用柚皮碎片拼接在一起的柚壳里，有9片大小不一的柚子瓣儿。那是为杰克做成的一只完整的柚子！是孤儿院里的其他9个孩子从他们自己珍贵的几瓣柚子中每人捐出了一瓣，组成的一只完整的、送给杰克做圣诞礼物的柚子！那一刻，杰克泪如雨下。那是他收到的最美丽、最美味的一只圣诞柚子。

一杯水的友谊

她叫孙小珍，读大学二年级。在7月份的时候，她被查出得了一种有传染性的疾病，被学校安排住进了医院。

但是，孙小珍住院很久了依然没有一个同学敢来看她，这让她非常伤心，又特别孤独。孙小珍觉得自己好像被整个世界遗弃了。

一天下午，孙小珍无聊地趴在病床上给远方的父母写信。她并没有告诉他们她生病的消息，父母年纪大了，距离又太远，小珍并不想让父母担心。

忽然，护士小姐进门告诉小珍，院门口有个女孩要来看望她。这对小珍来说可是一个天大的喜讯。她一阵激动，这可是小珍住院以来看望她的第一个朋友。小珍想着可能是她平时最最要好的朋友杨颖。

不一会儿，一位身材高大的女孩提着一兜水果在护士小姐的陪同下走进了病房。小珍一看，原来是班上和她并不熟悉的一个女孩子，叫崔晨。她是校女子排球队的队长，是很健康也很有个性的一个女生。

崔晨走进病房时满头大汗，她把提来的水果往床头柜上一放，便坐在小珍的病床前开始关切地询问她的病情，并安慰小珍说，这种病很平常，千万不要有什么心理负担。小珍心理上的疙瘩并没有因这几句话而解开。

她们大约谈了半个小时，崔晨说：天气太热又说了这么久的话，渴极了。说完她就拿起床头柜上的一杯白开水，仰头准备喝下去，这下可把孙小珍给吓坏了。小珍连忙阻止："不行，千万别喝，我有传染病——你还是吃水果吧！"

崔晨好像没听见似的，"咕咚，咕咚"一口气喝完，然后用手摸了摸嘴唇，笑着对小珍说："没关系，健康的生命是不怕被传染的！"

小珍看着崔晨健康明媚的笑脸，眼泪都快流下来了。小珍知道，崔晨是在冒着被传染的危险来证明这种病的轻松，以减轻她的心理负担。小珍感觉到友情即使只藏在世界的某个角落里，但依然是存在的，它总是在需要的时候以一种更为强大的力量来包围需要爱的人们。

这一杯水的友谊足以让孙小珍记住一辈子。

水晶娃娃

"凌，我要去杭州读书了，这个送你。"寒把东西塞给我就踏上了去杭州的火车，她微笑着向我招手，眼角却泛着泪。

"你一定要回来哦，一定哦。"我隔着窗户对她说，她坚定地点了下头。车子渐渐消失在我的视野里。我依依不舍地离开了车站。我们的相识、相伴都已成了回忆。风扬起的尘土带来了我的惆怅、哀怨。泪水漫上心头，只剩无尽的怅惘。

我回到家，打开那个包装精美的盒子，映入眼帘的是一对晶莹透亮的水晶娃娃。它们脸上绽开着灿烂的笑容，就像她那天使般的面容。看到这对水晶娃娃，我不由得想起了那一天我与她相识的情景。

一个残阳西斜的黄昏，秋风萧瑟，我一个人漫步在校园里，不愿回家，因为那天是妈妈的忌日，爸爸肯定又出去喝酒了，我不想面对着空荡荡的屋子独自悲伤……走着走着，我隐约听到一个哭泣的声音。循声找去，是从草丛里发出来的。我拨开一看，一个穿着公主裙的女孩躲在里面哭泣，我担心地问道："你怎么了?""不用你管。"她抬起泪眼婆娑的脸，冷冷地说。我掏出手帕要塞给她，她不耐烦地拍掉，气愤地说："不是说了不用你管了吗?滚!"我还是忍住对她的不满，轻轻拂她眼角的泪，微笑着说道："我不知道你为什么哭泣，但女孩子要坚强，落泪可就不漂亮了哦。"

她一愣，也许是因为我的好脾气吧。我自嘲地笑笑，正准备转身离去，她拉住我说："你为什么没回家，现在还在学校?"我耸耸肩，说："不想回家呗!""不对，你爸妈不会也吵架了吧?"我笑了一下，这女孩真单纯，就这样把自己的秘密都招了出来。我摇摇头。"那……"她疑惑不解地问。"我妈去世了，我连听他们吵架的机会都没了。"我不知为何说出自己的心事，也许是因为她纯粹的心吧。她睁大了眼睛看着我，我无奈地点了点头。

"真对不起，提起你的伤心事。对了，这送你一个。"她边道歉边从包里捧出一对水晶娃娃。两个水晶娃娃在夕阳的余晖下泛着点点银光。一个斜戴着帽子，穿着背带裤，俏皮地笑着，露出一个小酒窝；另一个长发散披下来，平平的刘海儿，似乎灵动的眼睛，穿着公主裙，露出一个近乎透明的笑容。我看得爱不释手，她把长发的水晶娃娃送给了我。走之前露出一个美丽的笑容，说："我叫寒，八年级。"然后冲我眨了下眼睛，跟水晶娃娃近乎一模一样。等我回过神，她已走了很远，我赶忙喊："我叫凌，7年级。""知道了，你戴着校徽。"她冲我挥挥手，转身离去了。

我生气地笑笑，心里又有点高兴……

以后的日子我们经常在一起看黄昏，数枫叶，听 JAY 的歌……

以前形单影只的我也有了互相依靠的朋友，想必寒也是。与她接触久了，才知道这个比我年长 1 岁的女生竟是那么单纯、可爱。

擦水晶娃娃时，我不小心将它碰倒，娃娃掉到地上，裂成碎片。我先是吓了一跳，看着碎片心疼不已。寒知道了，毅然把她最心爱的水晶娃娃也给摔碎了，我心疼地问："你怎么可以把它摔碎呢?它会疼的!""凌和寒是一起的，凌的没有了，寒的也不能单独在世上，与其痛苦，不如离开。"

我感动得啜泣了起来，除了去世的妈妈没人这样重视过我。寒拂去了我的泪，说："我们永远在一起，好吗？""嗯！""拉钩上吊一百年不许变。"两个女孩沉醉其中，微风拂起她们的长发。

好景不长，寒的父母因为性格不合离婚了。寒在我房间哭了一夜，我手足无措，只想让她一个人静静。第二天，她肿着核桃大的眼睛，告诉我："凌，我爸要让我去杭州读书，下个星期就走。"

这消息犹如晴天霹雳，我愣了许久后才茫然地说："寒，你要走多久？""不知道。"沉默，连空气也凝固了。

"没事，你爸是为你好，大好前程不能耽搁。我们虽人不在一起，心还在一起啊。"

"凌，我不想走，我不愿离开，真的不想走……"

"没事的，我们以后还可以见面的。"

泪水滑下我们的脸庞，不想离别却又不得不放手。她也要独立的，分开是迟早的事，快乐地面对才好……

回忆已经过去了，寒还是走了，我的泪纷飞在风中，但不会后悔，挚爱不必要拥有，放手也许更好。

我与寒一直在通信。一天早上，我一如既往地起来擦水晶娃娃，"啪"的一声，象征寒的水晶娃娃碎了，我心中不由泛起一种不安的感觉，说不清道不明。

噩耗真的传来了，寒在回来的路上出车祸了！我奔出家门，连车也忘了坐，一路跑到二医急诊室，边跑边念："寒，你千万不能有事！……"

手术灯刺眼地亮着，我气喘吁吁地乞求老天不要夺去寒的生命，她是天使，但我不愿让她回到天堂！灯灭了，我的心跳到了嗓子眼：寒，你不会有事的，不会……医生出来，我急忙拦住他，还没开口，医生就轻叹着摇了摇头。我的泪水决了堤：寒，你说过我们会永远在一起的，怎么会，怎么会……盖着白布的她被护士推了出来，我抱着她，使劲地摇："寒，你说话啊！你只是睡着了，对不对？你快醒醒，寒……"我的声音渐渐低了下来，"寒，你真的……真的回天堂了吗？不，这不是你对不对？"我掀开白布，是寒苍白得像瓷娃娃的脸。我绝望了，她的身体冷冰冰的，把我的心也冻住了。护士轻轻地把我拉到一旁："节哀顺变吧，人死不能复生。"我木然地站着，看着护士把寒推走，渐渐消失在我的视野，就像那天在车站，寒笑着向我招手的情景，但她已经不会笑，不会在我身边，就像……就像妈妈一样，就像……就像破碎的水晶娃娃。

我靠着墙慢慢滑下，伏下头啜泣："寒，你说过一棵大树会永远扎根在一个地方，即使枝干断了，根还在。你还在我心里，我却再也见不到你了！""她已经走了，就让她安心地离开吧。你这样，她会更难过。"我抬起头，是爸爸。我猛地抱住了爸爸，像暴风骤雨里无依无靠的小舟找到港湾。"爸，她还在，她没走，没走……""你妈妈去世时，我也这样颓废，但我现在知道了，死去的人也不希望活着的人痛苦。你这样伤心，寒在下面会更难过。"我真的错了吗？寒，你也不希望我伤心吗？寒，你那天使般的笑容浮现在我的脑海，或许放手会更好？

"寒，我来看你了，"我把寒最喜欢的满天星放在她沉睡的地方，"我生活得很好，你也很高兴吧？你在天堂还好吗？水晶娃娃仅剩一个了，我不会再失去我们唯一的东西了。她还在微笑，你也在天堂看着我微笑吧……"我抬头看湛蓝的一尘不染的天空，寒也出现在天空，露出灿烂的笑容。

天使终要回天堂的吧。挚爱不能一直留在身边，就这样淡然而过吧，我要为寒快乐地活着。

寄宿的女生们

曹堡中学是一所寄宿中学，数年来保持着晨读的习惯。

这天，晨读风气历来最好的初三（1）班里，同学们有的在整理书本，有的在检查昨晚的作业。突然，一个女孩子尖声叫了起来："我的软皮本怎么不见了？还是刚买的呢！"大家扭头一看，是蔡燕，只见她撅起嘴，瞪着眼看着周围的同学，一副气鼓鼓的样子。

正在这时，肖红也嚷嚷起来："我的软皮本也不见了！哎呀，我们班出贼了！"蔡燕得知好朋友也遭不幸，气得一个劲地捶课桌。

紧接着，大家马上发现窗户上缺了一块玻璃，看来是贼夜间砸了玻璃进来的。又有几个同学连忙检查自己的抽屉，还好，其他没丢什么。

曹小玲与肖红、蔡燕、林英同村，自然比其他同学更关心此事，她也在一边嚷嚷道："什么值钱的东西不能拿，偏拿两本本子？"忽然，她惊叫起来："天哪！这是什么？"只见她从自己的抽屉里拿出了两本崭新的软皮本……蔡燕、肖红走过去一看，正是她们的！

班长走过来一边打扫碎玻璃一边说："我看呐，可能是什么人搞恶作剧。但闹归闹，犯不着打碎玻璃呀。"班长又挥挥手，说："走吧，走吧，读书去！"

这件事过去了，不过是打碎一块玻璃，可更奇怪的事还在后头呢。

第二天早晨，蔡燕起床时，又开始嚷嚷开了，说找不到自己的毛衣了。她只穿着件棉毛衫，怕冷，便用脚蹬蹬那头的肖红："帮我找找毛衣，我要冻死了。"肖红不情愿地钻出被窝，帮她翻找："在哪儿？找不到……哎，我的呢，我自己的呢？喂喂喂，大家都给我起来，帮我们找找！"同宿舍的同学纷纷钻出被窝，可寻找的结果使大家又一次惊叫起来——蔡燕和肖红的毛衣，一共5件，整整齐齐叠在曹小玲的床里边！

这时同学们的眼睛都盯着曹小玲，曹小玲急得要哭了："这不是有人存心要害我吗？"

等女孩子们七手八脚穿戴完毕、洗漱干净来到教室时，教室里又发生了一件不太新鲜的故事：刚装好的玻璃打碎在地，蔡燕和肖红的软皮本第二次"跑"到了曹小玲的抽屉里。

这下班长可不乐意了，板着脸，目光在与蔡燕、肖红、曹小玲三人同宿舍的女生们脸上扫视两遍，用神探一般的口吻说道："问题出在你们当中的一个人身上。"

班长的判断是绝对正确的，那么，这个人又是谁呢？

这天夜里，女孩子们约定，一夜不睡，也得把事情搞个水落石出。但说归说，做归做，初三的学习太紧张了，又是冬天，一进暖和的被窝，每个人差不多都只坚持了半小时不到，就睡着了。只有林英一直睁着眼，她不甘心让好朋友曹小玲受冤屈。

冬夜很寂静，宿舍里只有女孩子们轻轻的鼻息声此起彼伏。林英有点害怕，不过这样倒好，瞌睡被赶得无影无踪了。抬头看看对面，蔡燕和肖红熬不过，早已睡得烂熟。"哼，看我明天不训你们！"林英正这么想着，睡在脚头的曹小玲却动了起来。

林英感到她坐起来了，不觉奇怪："她是不是要小便？"耳边听她窸窸窣窣一阵作响，忍不住抬头一看，曹小玲已穿得整整齐齐，对她根本不看一眼，一掀被子下了床，往门边走去。

林英正想喊她，却被看到的景象吓住了：曹小玲走路的样子很奇怪，轻盈盈、虚飘飘的，像精灵一样一跳一跳。林英霎时被自己的想法吓坏了："奶奶说，只有鬼走路才会一跳一跳的，小玲难道是被鬼迷住了？"林英吓得手脚冰凉，心也"扑通扑通"地要跳出来。

曹小玲早已出了门，林英还怔在那儿。林英被好奇心驱动了，按捺不住，咬咬牙，披了件衣服下了床，开门出来。寒风直透过衣衫，冻得她发抖；她摸黑走过两排房子，终于看见曹小玲精灵一般地在前边飘动，转过墙角，向教室方向走去。林英的冷汗被风吹干了，心里也镇定多了，她站在那儿，静静等候。

"啪啦"一声脆响，在寂静的夜里尤为响亮，是教室后门边的玻璃被打碎了。林英的心往下一沉，立即转身回宿舍，钻到了床上。被窝里热气还在，她瑟瑟抖动的身体渐渐安静下来。

过了一会儿，门响了，曹小玲回到了宿舍。林英从被窝的间隙偷眼看去，见她目光直直的，一跳一跳走到蔡燕和肖红床边，伸手从床上把毛衣一件件全拉出来，转身全堆在自己床上……

终于，曹小玲忙完了一切，上了床，脱衣睡觉。林英却睁着眼睛，惊讶得一夜没睡着。

第二天一早，林英就把这一切告诉了班主任。班主任听了，神情严肃地对林英说："谁也别告诉，中午我们抽空讨论一下，该怎么处理。"

好不容易到了中午，班主任、班长、团小组长"小天才"、林英四个人在空荡荡的办公室开会。

班主任让林英介绍了情况。"小天才"胸有成竹地说；"我知道，这叫梦游。"班主任说："小玲家境是不是不太好？我看她性格有点孤僻。"林英点点头："这次要买写观察日记的本子，我买了本小作文本，蔡燕和肖红买了四块五毛钱的软皮本，小玲只是自己订了一本白纸本。她当时很喜欢那种软皮本，说漂亮，纸也好，拿在手里真舒服……"班主任点头说："日有所思，夜有所梦，小玲并不是想占有人家的本子，只是她太喜欢了……"

班长皱着眉头想了一阵，微笑着说："我倒有个主意。"他把建议如此这般一说，大家齐声叫好。

下午，活动课上，初三（1）班搞了个有声有色的班会。文艺演出近尾声时，主持人“小天才”宣布：“最后一个节目，抽签选出本次活动的幸运观众。因奖品有限，只选一名。下面，我先抽出抽签人号码，再由抽签人抽出幸运观众的号码。”他微闭着眼，口中念叨着“天灵灵，地灵灵……”，同学们哄堂大笑。“小天才”的手如火中取栗般夸张地一缩，抽出了纸签，迫不及待地打开一看：“啊哈！老天有眼，我已抽出最佳抽签人，7号，我们公正的班长。”

掌声中班长稳步上台，慢条斯理地摇签筒，伸手取出一张纸签，送给“小天才”，鞠了一躬，下台。“小天才”急忙打开，一脸笑容道：“是个女生。我有个小小请求，请该女士先为我们表演一个节目，然后接收我们的礼物，好不好？”

“好！”

“31号，我们的曹小玲同学。”

曹小玲惊喜万分，红着脸上了台，对同学们鞠了一躬，轻轻唱了一曲《好人一生平安》，掌声雷动。“小天才”说：“美妙美妙，刚好值这么多奖品。”他从讲桌里捧出奖品，“四本笔记簿，四季平安；八张音乐卡，八面来风……”曹小玲捧着这一小堆奖品，欢天喜地落了座。

这天晚上，林英对曹小玲说：“小玲，睡的时候把音乐贺卡打开，让音乐陪伴我们。”曹小玲迟疑了一下：“那，会不会影响同学休息？”“怎么会呢？这么轻柔的音乐，谁不喜欢？”“我们喜欢！”肖红、蔡燕两个说。“我们喜欢！”其余的人也齐声赞同。

于是，《铃儿响叮当》的乐声像淙淙清泉，流过众人心头。大家都屏息倾听，静心欣赏，脸上洋溢着温柔的笑意。林英又说：“半夜里也不准关了。”她伸手取来两张音乐卡，“干脆我做半个主人吧。你忘了放，由我接着。同学们学习都很紧张，有音乐相伴，会睡得很好的。”曹小玲同意了。

女孩子们又谈了一会知心话，就一个一个入睡了。曹小玲也睡着了。林英没有睡，她在欣赏音乐。黑暗中，悠扬的乐声一遍又一遍在房间回响，在女孩子们花一样美丽的梦乡里荡漾。

这一夜，什么故事也没有发生。从此以后，那样的故事再也没发生……

作弊秘诀

瞿小秋之所以和吴福成为一对铁哥们，是因为吴福的老爸是厂长，而瞿小秋的老爸在吴福的老爸开的工厂里当工人。当时，瞿小秋的老爸下岗后，整天愁眉苦脸，找不到工作。是儿子瞿小秋通过吴福的关系，才使老爸重新有了一个饭碗。所以，瞿小秋对吴福感恩不尽，以致发展到对吴福言听计从，成了吴福的一个影子。

当然，吴福也不是省油的灯，他之所以愿意帮助瞿小秋，是因为看中了瞿小秋领先全班的学习成绩。瞿小秋读书勤奋刻苦，门门功课不是第一就是第二，吴福要求瞿小秋在学习上“帮助”他。不过，吴福要的帮助两字是该打引号的，他所希望的帮助，是要求瞿小秋在没完没了的测验考试中作弊，把答案给他抄袭。“分分分，学生的命根；考考考，老师的法宝”，已是初二的吴福，自是深知其中利弊关系的。

俗语说，“借来的媳妇焐不热脚”。半个学期下来，吴福不但对作弊产生了一种强烈的依赖性，更严重的是，他由此变成了一个没有真才实学的绣花枕头。作为铁哥们，瞿小秋看在眼里，急在心头，他知道自己这不是在帮助他，而是在害他。为此，瞿小秋想不再向吴福提供作弊的机会。

然而，这仅是瞿小秋的一厢情愿。

因为现在作弊已成为吴福的一根须臾难离的拐杖，离开同座的瞿小秋，他简直一个字也写不下去了。好几次，瞿小秋想从正面开导吴福，劝他别再掩耳盗铃自欺欺人了，然而，一看到吴福那副理直气壮的神情，他话到嘴边又咽了回去。瞿小秋知道吴福的自私劲与火爆脾气，万一直截了当地拒绝他，肯定会惹恼了吴福，而一旦吴福生气了，那么，他俩之间多年的铁哥们关系就算玩完了，而一旦铁哥们关系破裂了，那么，吴厂长很可能会请他老爸另谋高就，而老爸一旦……

想到这里，瞿小秋简直不敢往下想了。

但是，良知又一次次提醒瞿小秋：再不能这样下去了，你不能再这样变相地害他了，你若真的把吴福当成铁哥们的话，你必须悬崖勒马，从实处帮助吴福。

瞿小秋活了十几岁，平生头一次切实感受到“做人难、难做人”这句老话中所包含的真谛，他感到自己似乎被逼到了一个十字路口，迷路了。

有道是天无绝人之路，这一逼，就让瞿小秋给逼出了一个办法。在新学期开学的第一天，他推说自己的视力明显下降，一再向老班哭诉。班主任信以为真，把他调到前排就座，这一来，顿时就把瞿小秋与吴福给远远地分了开来。

吴福措手不及，傻了眼，他首先意识到问题的严重性是从此他再不能在小秋的帮助下作弊了。他找到小秋，劈头就说：“完了，完了，这下可全完了。”小秋故作糊涂：“完什么呀，不坐在一起，我们仍是铁哥们嘛。”吴福一指头戳在小秋的脑门上：“笨，我是说我恐怕在考试上再也得不到你的帮助了！”

瞿小秋一副恍然大悟的样子，随即露出一副苦瓜脸：“我也没有办法，谁让我的眼睛这么不争气呢？”说到这里，他因势利导道，“不过，哥们别着急，只要平时里我多多辅导你，也一样的。”

“一样个屁！”吴福狠狠跺了跺脚，“我才没那份耐心整天做那书呆子呢。”吴福一言道破天机，听得瞿小秋傻了眼，但心里却有一种如释重负的轻松感。

不过，别看吴福在学习上不肯下工夫，在旁门左道上却是心眼不少。语文摸底测验的前一天，他兴冲冲找到瞿小秋，神秘地说：“小秋，世上无难事，只怕有心人。我有秘诀了。”“什么秘诀？”“作弊的秘诀呗！”“我俩一个在前，一个在后，还能作弊？”“有！它是我冥思苦想独家发明的作弊秘诀。”“说来……听听。”

于是，吴福如此这般，把他发明创造的作弊秘诀向铁哥们全盘托了出来。说来，这吴福的秘诀也真够绝的了，他竟想出了让瞿小秋以手指暗示法来协助他作弊：试卷中大都有选择题与判断题两大类，遇到这两大类，其暗号分别是摸耳朵与捋头发；而这两大类下面的具体题目，则分别以手指作暗示，例如第一题，则先竖起一根手指，然后紧接着分别以大拇指与小拇指作为对与错、是与否的区别，大拇指代表“对”与“是”，小拇指代表“错”与“否”。坐在后排的吴福只要根据前面小秋出示的暗号，往下填答案。

吴福这一招够绝的了，非但可以远距离进行作弊，而且还可以当着老师的面进行，并做到神不知鬼不觉！瞿小秋万万没料到吴福居然别出心裁地想出这一招，一时他傻怔在那里。

“你答应不答应？配合不配合？哥们，你倒是说话呀！”吴福两眼紧盯住瞿小秋，步步紧逼。

瞿小秋的心都乱了套了，慌乱中，他竟含糊地点了点头。吴福见哥们点头了，猛地抱住瞿小秋，高兴地说道：“走，我请你吃肯德基去！”

这一夜，瞿小秋失眠了。他躺在床上，翻来覆去合不上眼，他分明感到自己又被人逼到了一座悬崖边。答应吧？是继续害他；不答应吧？无疑意味着他俩的哥们关系到此为止了。怎么办？怎么办？瞿小秋苦苦思索着。他设计了几种既不显山露水地伤害他俩关系、又婉转地拒绝他的办法。

一种是大智若愚法，即装做自己也考不出来，不向吴福发暗号，然后拖到下课铃响，最后一个交考卷。但不行，此法太露骨，有明显拒绝对方之嫌。一种是诈痴不癫法。即故意搅乱暗示的手势，把对的说成错的，把是说成否，让吴福上当。吴福上当后，以后就再也不相信他的暗示，也许从此改邪归正了。但也不行，此法太蹩脚，弄不好反使吴福为此记恨他。最后一种，是没有办法的办法，那就是请求校方给他调班级，把他和吴福彻底地分开来。这可更不行，一则自己没理由申请调动班级，二是仍会使吴福对他此举产生怀疑……

左思右想，瞿小秋不得要领，烦恼与困惑使他辗转反侧，深深痛苦。眼见窗棂外的天空已露出了鱼肚白，他还没想出一个完美的方法来。正在这时，早起晨练的老外公出现在窗外，把瞿小秋吓了一跳，仿佛隔墙有耳，把他的满腹心事都探知去了。就这时，一道灵感的火花从他心头掠过，他激动地来个鲤鱼打挺，跳了起来。

第二天下午放学后，瞿小秋找到吴福，把他约到校园里的银杏树林中。在一块假山前，他站定了：“哥们，明天就是摸底测验了，昨天你跟我说的作弊秘诀，真复杂，我没记住。现在你再给我说一遍。”

吴福感动地捶了小秋一拳：“够哥们！”接着，他见四下没人，一五一十地把自己的秘诀向小秋重复了一遍。小秋还有不清楚处，他又不厌其烦地重复了一遍又一遍，直到瞿小秋彻底弄明白。

正当吴福眉飞色舞、滔滔不绝、一遍又一遍地向对方炫耀自己的作弊秘诀时，突然，假山后发出一声咳嗽，走出一个人。

这人不是别人，就是他们的班长王美娟！但见王班长手捧一本英汉大词典，戴着一副厚厚的近视眼镜，似笑非笑地冲他俩点了点头，这才三步一回头地离他们而去。

“坏了！”吴福的脸色都变了，重重跺了下脚，“我俩刚才说的话，八成都被这个奸细听了去！”

“可不，看样子，她在假山后躲了半天了呢。”瞿小秋愁眉苦脸地补充道。

“要是她向老班……”吴福忧心忡忡地不敢说下去了……

果不出吴福和瞿小秋的所料，王班长又一次充当了“奸细”，向班主任告了密。因为第二天英语摸底测验课，老班还没发考卷，就大声向全班宣布道：“据可靠情报，为对付测验考试，有图谋不轨的同学竟发明创造了手势暗示法，试图在现场作弊。为此，我警告这个自以为聪明的同学，别打这个馊主意，做个循规蹈矩的老实人，要不，只要我一发现胆敢乱说乱动者，别怪我……”

班主任说这些话时，两眼却看着坐在前排的瞿小秋。

看得心怀鬼胎的瞿小秋如坐针毡，背如芒刺。

无需赘言，这堂测验课，瞿小秋是规规矩矩、老老实实，连眼睛也没敢抬一下。

下课后，吴福垂头丧气地走到小秋面前，无力地摇了摇头，咬牙道：“完了，我苦心发明的秘诀，都完了！昨天，我就料到这奸细要向老班告密的！”

瞿小秋更是一副有苦难言的哭相：“就是就是，老班已像警察捉小偷似的死死盯住了我，谁还再敢刀口上舔血呢？”

“嘿！”吴福懊悔不迭，抱头蹲在地上。

小秋也蹲下身，望着吴福，坚决地说道：“哥们别愁，有我呢。从今天起，我每天陪你一起下死工夫，我们暗着不行，明着使劲，不怕你的学习成绩上不去！”

事到如今，逼上梁山，吴福面前只有这条路了，他无奈地点了点头。

往下的故事就不展开了，反正，后来吴福在铁哥们的真正帮助下，他学业确实有了长进，学习的态度也端正了，成绩也明显提高了。中学毕业时，他竟和瞿小秋一起双双考上了重点高中。

但有一个秘密却须在这里透露的，就是当时瞿小秋约吴福来到银杏林请他复述作弊秘诀，却不慎隔墙有耳全部泄密，并受到班主任严肃警告的事情，却是瞿小秋暗中向班主任汇报后，在班主任的巧妙配合下共同上演的一出“戏”。瞿小秋为这出戏取名为“打草惊蛇”。事到如今，吴福都是大学一年级的学生了，他还蒙在鼓里呢。

特殊的考试

阿幸是白云中学的学生。新学年开学第一天，他背着书包一路跑到了学校，一抬头，见校门口围着一大堆人。他的第一个反应是有人打架了。于是，他飞跑过去，准备凑凑热闹。谁知，挤进人堆一看，根本就没有什么“流血事件”，倒是门口橱窗里贴着一张大红纸，上书：

白云中学新学年三大举措：

一、全校每个教学班的学期、学年考试实行无人监考制度；

二、学校设立无人售书报亭；

三、有 200 多种图书和 30 多种报刊的阅览室每天定时开放，但无人管理。

人群里叽叽喳喳，议论纷纷，有欢呼万岁的，也有对此持怀疑态度的。阿幸放眼一看，只见小耕也在人堆里。小耕是阿幸的“死党”，这对“黄金搭档”大错偶犯，小错不断，是最令老师们头疼的一对宝贝。

阿幸把小耕拉到一边，指指那红纸说：“喂，这是怎么回事？”小耕推了一下快滑到鼻尖的眼镜，摇摇头说：“我可不信。公共汽车搞无人售票还有个监管员呢！真的‘无人’，那学校里还不乱了套？”

这时，只见老校长走了过来。他头顶秃了，属于“中间溜冰场，四周铁丝网”的那种类型。“发福”的身材，肚子大大的，又老是面带微笑地出现在大家面前，所以阿幸和小耕背后称他“弥勒佛”。

老校长笑着问他俩：“你们在嘀咕什么呢？”阿幸知道老校长脾气好，从不见他生气，就大着胆子说：“这是真的吗？是不是愚人节开剩下的玩笑被您从纸篓里翻出来贴上了？”老校长仍笑着说：“怎么会呢？售书报亭和阅览室今天就开放。”阿幸说了句：“哦！那太好了！”就拉着小耕一溜烟地跑了。

开学典礼上，老校长照例发表讲话，他说了些新学期应有新起点、新目标、新气象诸如此类的话后，才回到正题上，说："本校在新学年有三件大事。一是学校大举措，这可能大家都看到了；二是为了方便广大师生，在每个教室安一台新式挂钟；三是从本学年开始，本校将实行一项新的考试——德育及日常行为考试，请大家注意。"

阿幸用胳膊肘碰碰旁边的小耕，说："喂，新考试哎！"小耕正埋头于他的《倚天屠龙记》，他抬起头，推推眼镜说："怕什么！反正没人监考，抄呗！"说完又沉浸到刀光剑影中去了。

回到教室，阿幸真的发现黑板上方装了一台新的挂钟。这挂钟有点怪，中间方方的，好像深不可测。阿幸仔细端详着，怎么看都觉着忒像摄像机镜头，是不是……阿幸赶快拉着小耕跑到书报亭和阅览室，发现那里也装着同样的挂钟。阿幸把自己的想法告诉小耕，小耕说："对了，今天校长室买了一台新电脑。"为了证实他们的猜想，阿幸和小耕决定对校长室进行一次大"侦查"。

这天，阿幸瞅准了校长室没人的"大好时机"，由小耕在外望风，悄悄溜了进去，搜了一番，没发现什么。他正想离开，忽然发现校长办公桌上有一份"产品说明书"，他拿起一看，只见上面写着：

新型窥视器说明书

本产品引进国际先进技术，实行联网；由中央电脑集中控制……

阿幸刚看到这儿，突然听到门响了一下，抬头一看，只见老校长正微笑着走进来。

阿幸顿时脑袋"嗡"一声，好似发生了大地震，他下意识地把拿说明书的手放到背后，嘴里嘟哝一声："弥……啊不，校长……好……"老校长还是微笑着说："到这里来干什么？是找我有事吗？""哦，不，我……来捡球，没事了，校长再见！"老校长说："那以后打球可要注意喽，可别……"阿幸没等老校长说完，就转身出门，拉了小耕撒腿飞跑。

阿幸拉着小耕跑了老远，才恼怒地说："你怎么啦？要你望风你望到哪儿去了？"小耕有点委屈地说："也不能全怪我嘛，那弥勒佛神出鬼没，我正望着，他不知从哪儿钻出来，从背后拍拍我的肩膀说要我去扫包干区！我想通知你已经来不及了。""唉！算了，看看这个！"这份可怕的说明书证实了他们的猜想，因为几乎每个班都有他们的“同党”，很快全校上下都知道了这个“秘密”。

这阵子，老师们开始对学生们进行德育教育：“希望同学们一定要自觉，无论是在考试或在日常行为方面，不能学两面派，特别是现在学校很多方面都实行‘无人制度’，这是学校对同学们的信任。‘自觉’二字对于同学们来说尤其重要，要知道，你们的一举一动都会有人看见。”

阿幸听到最后一句话，不禁抬头望了一眼那挂钟，并且他发现，很多同学都像他一样，抬头望了一眼那挂钟。

从此，同学们似乎真的自觉了很多，阿幸慑于挂钟的威力，试着在小测验中不再做“长颈鹿”和“斜眼猫”，有时忍不住想瞄瞄同桌的答案，一抬眼看见那挂钟，又把头缩了回去。他想老校长这招可真绝。老师监考还有个看风景的时候，可这挂钟时时刻刻每分每秒都盯着你呢，叫你不能轻举妄动。

就这样过了一段时间，阿幸不敢轻举妄动倒“修成正果”了。考试时觉得轻松多了，不再需要眼观六路、耳听八方时时刻刻地提防监考老师的从天而降了。而且阿幸还惊喜地发现，认真专心地去考试，竟有很多题他都能独立做出来。问问小耕，他也有同感，而且其他班的弟兄们也都有同样的感受。

学校的风气大为改观，同学们都如老师说的那样，非常自觉。时间一长，大家也就把挂钟的事不放在心上了，已经习惯了平时该怎么做，考试该怎么做。

期末考试结束的那个下午，阿幸和小耕在操场上踢足球，小耕对着球门一记怒射，那球越过球门，飞向教室，只听“哗啦”一声，一楼一间教室的窗玻璃破了，接着“砰”一声，教室里什么东西掉在了地上。

阿幸拉起还没回过神来的小耕直奔“出事现场”。只见挂钟掉在地上，玻璃壳摔碎了。阿幸忽然想起开学初的“挂钟事件”，对小耕说：“哎，我们把钟打开看看，到底有没有那个摄像机。”两人左看右看，横看竖看，钟里除了齿轮还是齿轮。阿幸疑惑地说：“咦？那‘新型窥视器’去哪儿了？”

“根本就没有什么‘新型窥视器’嘛。”老校长突然微笑着站在他们身后说。阿幸问：“那说明书是怎么回事？”“那是我用电脑打出来的，我早就注意到你们两个了，专门恭候你俩去取那说明书呢。”阿幸和小耕这才明白，从一开始，他们就被这位弥勒佛“骗”了。老校长接着说：“这个学期学校的风气有很大的转变，这是同学们共同努力的结果。我们学校在全市的德育及日常行为考试评比中成绩是最好的。其实，整个学期，都在对你们进行考试，一场特殊的考试。”

阿幸和小耕走在回家的路上，觉得阳光格外的灿烂温暖。阿幸说：“弥勒佛可真有两下子，本人佩服。”小耕说：“不，是校长。”阿幸连忙纠正：“对，校长。”虽然阿幸和小耕明白了事情的真相，但是肯定今后不会再作弊，因为他们已体会到“自觉”的意义。

有个朋友爱借钱

这位朋友姓能，他父母给他取了“能干”做名字。那时我很小，喜欢通宵达旦地看夜场电影，能干就是那时呼朋引伴认识的。

那是我们一起看完电影后第三天早上，能干来了。我很意外，因为我们还很陌生。我和能干相对无语地干坐着，那情景挺像第一次见面的青年男女，可我们是两个“半大”的男人。坐了好久，他突然站起来要走，我随能干出了门，没走出几步，他回过头来，低声对我说：“你……能不能……借点钱给我？我一定会还你的，请你相信我！”

我一听这话就蒙了，因为我那时候没有一分收入。他一见我的样子，又轻轻地说：“没有就算了，走了。”然后他转身走了。我回到家里，母亲问我能干是谁，我照直说了，没想到母亲马上从口袋里拿出5块钱说：“你快给他送去吧，说不定他有急用呢！”我对母亲的支持喜不自禁，马上抓过钱，追上能干，把钱给了他。5块钱让我成了一个债主。

那时的5块钱对我来说是一笔不小的数目，所以我一直耿耿于怀，很期待能干能很快还给我。后来我听同学说能干喜欢找人借钱，借了就不还。我听了后悔不迭。以后又见过能干几次，他当然不会还我钱。不知不觉间，又过了几年。再后来我远走异地求学，也就将这事淡忘了。

在能干这个人差不多就要彻底地从我的记忆里消失的时候，他却意外地闯进了我的家门。他说他是能干，然后从他的公文包里面掏出了一个作业本，他翻给我看，我大吃一惊，那是他那时向别人借钱的账本！上面密密麻麻地记着某年某月某日借谁多少钱，字迹虽然歪歪扭扭，但清清楚楚，上面也有我的名字。

能干望着我，认真地说："我今天是来还钱的。"我笑着说："开什么玩笑，不就5块钱吗？而且那么多年了……"

"不！我当时借钱时就说过一定会还的！"能干坚决地说。然后他递过来一个漂亮的信封，信封上印着"深深的感谢！永远的感谢！"几个烫金的大字，信封里面是十几块钱，他说照这些年来的最高利息支付的。他把信封放在我的手里，说："请你一定收下！不然我会一生不安的。"

晚上，能干请我吃饭，我听到了这个奇怪的人的更多故事：能干3岁时，母亲就病故了，父亲又为他娶了个继母，他饱受了后妈的折磨。后来，后妈得了一种怪病，为治病花光了家里的钱。小小年纪的能干卖冰棍、捡破烂、借钱为后妈治病。那些年，他忍受着羞辱和鄙视，一次次找人借钱，一直到后妈病故，后来他就到南方去打工。他历尽艰辛，抱定了一个信念：要把借别人的每一分钱都还给别人！

我听着他的诉说，眼前泪光迷蒙。能干使我受到了深深的震撼，同时也让我懂得，爱的重要成分就是付出！

三十年的知己

我和萧萧是在初二时被编在一个班里的。萧萧的父亲早年参加过新四军，因此她早早就当上了红卫兵。我很羡慕她，因为我家的成分不好，她可以戴着红卫兵袖章在学校某思想宣传队里蹦蹦跳跳，而我却每逢校级、班级批斗会就战战兢兢。令人羡慕的还有：她有一个在大学图书馆工作的妈妈。在那个"一册在手万卷皆废"的年代里，她的妈妈可以偶尔带回一点"禁书"——我们渴望一切新鲜活泼的东西。

我们的友谊大约就是从借书开始的吧。萧萧有时会带来一本前苏联的侦破小说，薄薄的一本让人眼睛放光。看之前先为它包个皮，一来可以偷偷带上课堂；二来可以留个爱惜图书的美名，讨她妈妈的欢心而不会断了书路。借阅范围之小、借阅方式之隐秘促进了我们的友谊。

虽分属两个不同的阶级阵营，但这不影响我和萧萧的交往。我们去农场学农，熄灯之后顶着一床被子打着手电快活地分食一小包她家人从南方老家带来的芝麻酥糖，舔完手指又舔糖纸。我们去拉练，数日不归，萧萧由于身体不好没有拉练，却设法捎给我一只饭盒，里面有我妈妈做的咸菜，还有她放进去的糖块。

萧萧与我多方面的天壤之别使我们很少在同学面前显示我们的友谊，这一是由于情势所迫，二也因为少年人的担心、敏感和骄傲。在那样一个让人担惊受怕的年代，在那样一个不谙世事懵懵懂懂的年龄，拥有一个信任你、理解你的朋友无疑是命运对你的厚爱。

“文革”革掉了初三，也革掉了高三，一转眼4年过去，已进入花季的我们要到农村这广阔天地去绽放青春了。由于身体的原因萧萧成了免于插队的幸运儿。为避免站台上的离愁别绪，这幸运的人提前去我家送我，泪如雨下。

盼望已久的招工导致的绝望，繁重的体力劳动，烦躁的精神生活，格格不入的陌生环境，远在天边的亲情、爱情和友情，这就是我的1977年。在那段日子里，我接到了我平生第一个长途电话。萧萧做长话接线员工作，“利用职务之便”，她把电话从省城打到我所在的市，从市里查到我的单位，从单位追到我的工作地点：一条山沟。在那个“精神富足”但电话机却极度匮乏的年代，这个迂回曲折的来电让工友们惊奇不已，让我惊喜万分。日久年深，电话的内容已模糊不清，记住的是一份永远的情意。

30年过去了，我们成了知己。我感谢中文里有“知己”这个词，她比“朋友”更能表达我的心意。我感谢上苍让我在茫茫人海中拥有我的知己，无论时代如何变迁，个人怎样悲喜。

宽容的最高境界

二战期间，一支部队在森林中与敌军相遇发生激战，最后两名战士与部队失去了联系。他们之所以在激战中还能互相照顾、彼此不分，是因为他们是来自同一个小镇的战友。两人在森林中艰难跋涉，互相鼓励、安慰。十多天过去了，他们仍未与部队联系上，幸运的是，他们打死了一只鹿，依靠鹿肉又可以艰难度过几日了。可是因为战争的缘故，动物四散奔逃或被杀光，这以后他们再也没有看到任何动物。仅剩下的一些鹿肉，背在年轻战士的身上。这一天他们在森林中遇到了敌人，经过再一次激战，两人巧妙地避开了敌人。就在他们自以为已安全时，只听到一声枪响，走在前面的年轻战士中了一枪，幸亏子弹打在了肩膀上。后面的战友惶恐地跑了过来，他害怕得语无伦次，抱起战友血流不止的身体，赶忙把自己的衬衣撕下包扎战友的伤口。

晚上，未受伤的战士一直叨念着母亲，两眼直勾勾的。他们都以为他们的生命即将结束，身边的鹿肉谁也没动。天知道，他们怎么过的那一夜。第二天，部队救出了他们。

事隔30年，那位受伤的战士安德森说："我知道谁开的那一枪，他就是我的战友。他去年去世了。在他抱住我时，我碰到了发热的枪管，但当晚我就宽恕了他。我知道他想独吞我身上带的鹿肉活下来，但我也知道他活下来是为了他的母亲。此后30年，我装做根本不知道此事，也从不提及。战争太残酷了，他母亲还是没有等到他回来，我和他一起祭奠了老人家。他跪下来，请求我原谅他，我没让他说下去。我们又做了20多年的朋友，我没有理由不宽恕他。"

一个人，能容忍别人的固执己见、自以为是、傲慢无礼、狂妄无知，却很难容忍别人对自己的恶意诽谤和致命的伤害。但唯有以德报怨，把伤害留给自己，让世界少一些不幸，回归温馨、仁慈、友善与祥和，才是宽容的至高境界。

承　诺

20多年前，开门办学成为潮流。我们学校的农基地设在距县城80多千米的朝阳峰。农忙期间，高中学生自带干粮，分班轮流上山，为时一周。

朝阳峰顶有红瓴瓦院落，原是寺庙。建国后几经冲击，僧侣多作鸟兽散。我们上山时，仅有一老僧留守，为我们挑水扫地、炒菜做饭。老僧已蓄须发，不打坐，不诵经，衣着一如常人。我们忙时，他来帮忙；我们闲时，他便远远躲开。

晚上，我们窝到床上，伴着呼啸的西北风，在黑灯瞎火中闲聊。说得最多的，自是这座山、山上的这座庙以及庙里的这个神秘老和尚。有人提醒说，和尚是封建余孽，弄得我们很紧张，心里想，这老僧会不会往饭菜里投毒呢？于是我们成立了侦察小分队，连夜行动，将老僧秘密监控。

后半夜，厨房的油灯昏昏地亮了，我们几个埋伏在窗下门边。老僧打开库房，提出一袋米，倒入一只大木盆中。他在盆边蹲下来，从腰间取出一只小布袋，左手撑着袋口，右手抓米。他把布袋灌满后，紧了紧袋口的绳子，松开宽大的阔裆裤，将小布袋系在裤裆中，然后淘米、生火、蒸饭。天麻麻亮，饭升腾着香喷喷的蒸汽，他用灰土盖住灶膛内的明火，准备溜了，不想在门口被我们逮个正着。

我们押了老僧进房，问："为什么偷米？"老僧目光躲躲闪闪，说："喂猫。"我们笑了，又问："猫儿能吃米吗？"老僧吓得两腿着地，长跪不起。"我是山东人，"他说，"我到崇阳20多年了……"他这样语无伦次地说着，却像是劈头盖脸淋了一盆水，他打了个寒战，突然间就平静下来。

"我被拉壮丁当了蒋匪的兵。南京解放的前夜，我逃出城壕，与一个姓王的崇阳籍伤兵结伴同行。王是独子，父母年事已高。走出百十来里，王不行了，托我给他父母养老送终，说着就断了气，但眼睛睁着。我替他抹上眼皮，才松手又睁开了。我说，我保证给你父母养老送终，王才闭上眼，清亮的泪水从他眼角浸出来。后来我边走边问，才找到王的一对年迈父母。我在朝阳寺削发为僧后，盖了间茅屋，把他们接来住下，这一住就是26年。我无一技之长，只能走东家串西家化些食物接济他们。你们来后，见到白花花的大米，我便生出邪念，想偷了米送去，让老人熬碗粥喝……"

太阳升起来后，我们跟随老僧，沿着仄仄的山路来到一间茅屋前。两位鹤发老人坐在暖洋洋的阳光下，怡怡然捉着虱子。压着茅屋的石块被风推动，屋顶掀开一扇天窗。

老僧爬上茅屋。这位为一个承诺坚持了26年的老僧，还将继续坚持下去吗？我们望着屋顶发呆。老僧立于屋顶，黑色的身影愈发高大，如生铁铸就的一座碑。

好朋友

我第一次看见他的时候，他随便斜倚着一株大白杨树，穿的是泥迹斑斑的汗衫和褪了色的破烂牛仔裤，后裤袋只剩了一个。袋口吊着一把弹弓，从刻工看来，显然出自高明的少年勇士之手。他赤着脚，用脚趾从地上夹起石子，一颗一颗地甩出去。这种本事，要不是赤脚练习多月，是学不会的。他既不高，也不矮，但肩膀很宽，腿和手臂晒得黑黑的，就一个8岁的孩子来说，肌肉似乎过于发达。

我是刚到得克萨斯州中部市镇的孩子，不免用自卫的眼光打量他，想探个明白，这里的孩子要用什么方式来管教我——摔跤、斗拳、赛跑还是斗嘴？我心里害怕，不知如何是好。他只管静静地望着一只鸟鼓翼钻入白杨树丛。他聚精会神地望了一会儿，然后转头向我咧嘴一笑，笑得脸儿好像上下分了家。“这只鸟蛮好看的，”他说，“不过等到养小鸟的时候，你再看这个老聒聒，可凶得要命。”说着，他懒洋洋地向我走来，在我前面几码的地方蹲下，“我就住在那边。”他说，“我叫葛罗狄斯，葛——罗——狄——斯。先告诉你，我妈妈最喜欢读书，这个名字就是她从书上看到的。你别问我是哪一本书，因为我不知道。”又是几分钟，他动都不动，两眼盯住一只扛着重东西在没修剪的草里爬的蚂蚁。然后他站了起来，动作之灵活犹如夏天随风飘扬的风筝。他一手遮着额头，对着太阳一望，“看太阳，2点钟了，早该吃饭了。”他说。我望了望手表说：“跟我来吧，我家冰箱里还有些冷鹌鹑肉。”

在他看来事情就这么简单，我们是朋友了。此后6年，葛罗狄斯满足了我童心最大的需求，我可以指着他告诉别人说：“这是我最好的朋友。”在他看来，友谊是忠实无私的誓约，友情既无条件，亦无动机。他把知道的都非常爽快地讲给我听，绝没有一般儿童的那种自夸自大和盛气凌人。他告诉我山坡上各种野花的名字；教我吊在藤枝上荡到小河上空，在恰好的地方跳下，让水流把我们冲到下游400公尺外滑溜溜的河边泥地上。

我第一次学荡的那天，心里怕得呆住了。有些同伴嘲笑我道：“看，他怕得连试都不敢试了。”“你不是胆怯吧？”葛罗狄斯从泥泞的河边走过来，站在我身边，低声说："准备干的时候才会怕，干的时候就不会怕了。"他又对着河里那些嘲笑我的孩子高声道："你们在下面留神！我们就要做一件没做过的事了。我们要一起抓着这条细藤荡出去，再一起坠下来。我敢说你们谁都没有这个胆子。"我们提气凹肚荡到水上，藤蔓吊着两人的重量，几乎扯得快要断了。一松手，像是在噩梦中往下直坠，一直沉到水里，又浮了上来，随着激流冲向下游的岸边停住。第二天，我们惊险的表演已经传遍了整个学校。

一天下午，我们几个同学在一起懒散无事闲聊天，谈到小学同学打架的本领时争辩不休。我虽然并不特别壮，但很能持久。这是练出来的，因为我父亲在橄榄球风气极盛的市镇里做中学的橄榄球教练。这就使我常须保卫自己和父亲的面子，输球的季节尤其有此需要。我们胜过很多次，颇有名气，完全是因为我有一股傻劲，下巴和鼻子上的疤痕都是我有本领的明证。葛罗狄斯有一次被迫和班上个子最大的孩子打架，把那个欺侮人的家伙打得躺在操场上。自那次以后，他就再没有被人逼着显露本领了。

大家越闹越凶，一定要我和葛罗狄斯比试高下，逼得我没有办法，只好说："就比赛摔跤吧，因为好朋友是不应该拳头相向的。"大家争辩时，葛罗狄斯一声不响，然后才慢吞吞站起来，脱去衬衫，说："来吧，不过我真不懂这是何苦。"3 小时后，大家说我们打和了。我们身上都抓破了，血汗交流，周身是草。葛罗狄斯转身回家，我却还留着听那些凑热闹的叫好。葛罗狄斯只望了我一下，露出失望的神情。年岁渐长，我渐渐懂事，才知道那次摔跤如果他真正使出全身气力，3 小时的比赛恐怕 15 分钟就结束了。

我家迁居，葛罗狄斯和我分开了，那时我们都只有十几岁。我们为了保持友谊，每年夏天都见面，圣诞节则互寄礼物，我给他的多半是买的，他给我的总是亲手做的好东西，偶尔我也寄封信给他。他从不写信。他解释说他不写信是因为"朋友之间，把想说的话写在纸上，又不知道对方会不会明白"。有一天，中学举行橄榄球锦标赛，我坐在热气腾腾的更衣室里等候第一场开赛，心里好不紧张，葛罗狄斯忽然来了。原来他特地从 125 里外搭便车来看这场比赛。他长高了，就一个 17 岁的青年来说，他的腿和手臂实在是异常健壮。教练作了最后指示，我们都忐忑不安地等着出场，葛罗狄斯弯着身子，脸上堆着笑容，又笑得好像把脸儿分成上下两截，对我说："你等着瞧那些傻瓜抢到了球的样子吧，可凶得要命。"这句话使我的忧虑尽消，观众的叫喊、乐队的大吹大擂，我全不在乎了。比赛结束，我跪在球场中心，全身又累又麻，动都不想动。我的一只眼睛眼圈发红、泪水盈盈，另一只眼睛已经青紫，肿得睁不开。我们输了，19：18。我迷迷糊糊，直到葛罗狄斯轻轻拍我的头盔，才猛然觉醒。他说："谁赢谁输，大家很快就忘得干干净净了。不过自己的成绩怎样自己有数。你今天打得再好也没有了，这才是你要记住的。在我看来，你赢了。"

就在昨天，我还对一个青年提出劝告："好朋友不必较量给别人看，更不必跟好朋友称好汉。"也就在今天，我还在再度提醒自己，"准备干的时候才会怕，干的时候就不会怕了。"

还有，我自己的成绩怎样，我自己有数，因此有许多次我觉得自己是胜利者。